KB263051

선우 올리브 북스 007

풍경이 있는 테마 에세이

아버지의 성城

선우 올리브 북스 ❼

아버지의 성城

1판 1쇄 발행 | 2010년 2월 10일

지은이 | 김선화
펴낸이 | 이선우
펴낸곳 | 도서출판 선우미디어
사　진 | 김선화·조여선 외

등록 / 1997. 8. 7　제300-1997-148
110-070 서울 종로구 내수동 75 용비어천가 1435호
신성빌딩 403 ☎ 2272-3351, 3352 팩스: 2272-5540
E-mail: sunwoome@hanmail.net
Printed in Korea ⓒ 2010. 김선화

값 7,000원

※ 잘못된 책은 바꿔 드립니다
※ 저자와의 협의하에 인지 생략합니다

ISBN 89-5658-240-2 03810
ISBN 89-5658-127-4 03810(세트)

아버지의 성城

선우미디어 sunwoomedia

새끼 꼬듯 기氣를 모으며

내 문학의 뿌리에는 지푸라기 냄새에 젖은 아버지의 이야기가 존재한다. 등잔불아래서 새끼 꼬며 들려주시던 입담을 통해 글 힘이 붙었다고 해도 과언이 아닐 것이다. 재미있는 얘기는 열 번이고 스무 번이고 청해 들었는데, 아버지는 귀찮아하는 기색 없이 지어서라도 들려주셨다. 효심 깊은 사람과 의리 있는 사람, 그리고 담력 강한 사람들의 무용담 등등. 그러다보면 시대를 초월하여 '순신이'와 '유신이'가 동시대 인물로 등장하기도 했다.

동생들과 둘러앉아 이야기를 듣다보면 물 축인 아름의 짚단이 새끼다발로 변해 있었다. 잡다한 검불 따위는 불쏘시개 감으로 전락하고, 짱짱한 줄기중심의 잎들이 아버지의 핏줄 선 손에 의해 새 모습을 갖추어갔다. 무릎과 팔꿈치에 걸어 가지런히 사린 새끼다발은 이야기의 정돈만큼이나 아버지를 단정한 모습으로 비치게 하였다.

우연스럽게도 그간 엮은 책 속에 아버지와 관계된 글이 여러 편 나갔다. 그것이 계기가 되어, 색깔이 비슷한 쪽으로 몰아서 따로 묶

자는 제안을 받았다. 주저주저하며 뜸들이기를 2년, 이젠 아버지와 고리 지어진 글들을 모아 세상에 내놓을 차례이다.

세상에는 무수한 아버지들이 존재하거늘, 드러내어 송가頌歌를 불러드려야 할 분이 어디 내 아버지뿐일까. 지극히 평범하면서도 기인奇人처럼 살다 가신 그분의 딸로서, 숙명을 다해 딸 노릇 한 번 해보려는 것이다. 하여 기존의 글에다, 그냥 묻혀 지나갈 뻔한 몇 편의 글을 추가하였다. '부녀父女', 혹은 '부자父子'라 이름 부여받은 사람들의 입장에서, 다소 그들의 심중을 대변하는 음조音調가 된다면 함께 기쁘겠다. 자칫 소외될 수 있는 아버지들의 어깨에 짱짱한 힘이 실리고 희망의 날개가 솟기를 소망한다.

변변찮은 사람에게 좋은 장場을 마련하여, 기획물로 틀을 잡아준 선우미디어 이선우 사장님께 고마움을 표한다.

2010年 1月 초순
樂菴의 딸 金善化

풍 경 이 있 는 테 마 에 세 이

아버지의 성城

김선화

작가의 말

새벽닭 홰치는 소리

모락산 골짝에 기댄 '성라자로' 마을에서 새벽닭 홰치는 소리 들려온다. 마을로 난 호젓한 길에 열지어선 가로등이 촉을 밝힌다. 그것들 틈에서 유독 한 개의 등이 깜빡인다. 고단한 사람의 무게인 양 빛이 흐리다. 제 몸을 데워 빛을 내는 등의 수명이 다해가는 것일까.

내가 첫돌을 넘겼을 때, 하마터면 그쯤에서 생이 끝날 뻔하였다. 고열로 숨을 할딱여 어버이를 애태운 것. 당시 아들 셋에 딸 둘을 낳았으나 이미 남매를 잃은 어머니는, '이젠 딸자식마저 못 키우겠구나' 하며 싸늘해진 포대기를 윗목으로 밀쳤다. 그러나 아버지는 어린 것의 가슴을 어루만지다가 자정 넘은 시각에 마을의 한약방으로 내달렸다. 다짜고짜 장의원의 팔을 끌고 와 포대기를 펴 보이니, 의원은 "다행히 숨은 붙어있구먼" 하였다. 그 길로 약 두 첩을 받아 온 아버지는, 두 개의 풍로에 두 개의 약탕기를 올리고 부채질을 하였다.

참새 심장처럼이나 약하게 노는 딸의 심장을 아버지는 그날 밤 저울질했다고 하였다. 온탕을 새끼손가락에 찍어 한 방울 떨어뜨리면 몸이 불같고, 냉탕을 한 방울 떨어뜨리면 얼음장 같았다고 회상했다.

"그러기를 몇 시간, …새벽닭이 울자 네가 울더구나."

그렇게 나를 살렸다고 했다. 꺼져가던 내가 새벽닭이 울어 소생한 게 아니고 내가 살아날 즈음에 새벽닭이 목을 뽑은 우연일 텐데도, 아버지는 생전에 단 한 번도 그 말을 바꾸지 않았다. 아마도 새벽닭 홰치는 소리는 아버지에게 있어 어린 딸 명줄 잇는 소리였으리라.

그러고 보니 저 청청한 소리는 무언가를 잇는 소리이다. 하늘을 흔들어 여명을 부르는 꼬끼오 꼬끼오…. 그 소리에 사람들은 아득했던 의식의 세계에 촉을 세운다. 잊었던 꿈을 떠올리기도 하고, 아련한 사람을 그리워하기도 한다.

그 긴긴 음절에 나는 번민의 조각을 깁는다. 밤 새내 이쪽과 저쪽을 오가며 헤집어놓은 속내를, 푸른 소리를 실 삼아 마음의 귀에 꿰어 홈질한다. 다시 촘촘해진 심상의 보자기. 곱게 개어 추억의 곳간에 넣어둘 참이다. 사람의 명줄조차 다시 이어진 이 시각에 새벽닭 홰치는 소리 들은 게 행운인 걸 어쩌랴.

독학, 월반越班의 명수

칠순이 되신 아버지는 우리 형제들의 가슴에 신神격으로 존재한다. 동학東學사상을 올곧게 실천하며, 재물은 관심 밖이고 자식욕심이 유독 많은 분이다. 사립문에 외로 꼰 새끼줄이 두 해걸이 한 해걸이로 열 몇 번 걸렸다면 알만할 것이다.

아버지는 글방 입문시절부터 독학獨學을 인정받았다. 훈장님께 바칠 곡물이 없어 서당에 들지 못하고 마루 끝에서 귀동냥하다가, 벌을 서는 학동에게 답을 일러준 게 계기가 되어 공짜로 훈장님을 모실 수 있었다고 한다. 해방직후 신식학교에 들어가긴 했지만 물려받은 가난으로 도중 포기해야 했다고. 그러다가 다시 월반시험을 쳐서 상급학교에 다닐 수 있었다고 한다.

내가 아는 아버지는 '지관선생'으로 유명하다. 바위 하나, 물줄기 하나를 예사로 지나치는 분이 아니다. 젊은 시절 집안일에 동동거리는 어머니를 두고, 툭하면 산을 타는 호랑이였다. 수시로 아버지를 빼앗아가는 산이 어머니 눈에 고울 리 없었지만, 아버지와 산은 떼어놓으려 해야 떼어지지 않는 불가분의 관계였다. 식솔 주렁주렁한 내 집 일보다는, 끼닛거리 끊긴 남의 집 장삿날을 우위에 두었던 분이다. 어쩌다가 몇 푼의 노자라도 받는 날이면, 거리거리에 주머니를 풀어 빈손이 되곤 하였다. 그래서 아버지가 돌아오는 길목엔 늘 술꾼들이 즐비했다. 아무리 '공수래공수거'라지만 참으로 어지간했던 분이다. 나로서는 이러한 아버지가 무수히도 야속했었다.

"우리가 살기 어려울 땐 이웃도 마찬가지였다. 막상 상을 당해 시신은 윗목에 누워있고, 지관 부를 돈은 없어 상주들의 한숨소리 땅이 꺼지는데, 그 일은 내 아는 일 아니냐?"

언젠가 할아버지에 대해 여쭈었더니 아버지는 단 답으로 '무당 같은 분'이라 했다. 의아해 하자 "쉽게 말해 아부지 같은 사람!" 한다. 갑자기 딸의 머릿속이 바빠진 것을 간파하고는 대답을 조금 늘리었다.

"아, 침 잘 놓고 아는 소릴 하던 어른. 이제 되었냐?"

그때의 대화로 나는 내 몸에 흐르는 피의 기운을 어느 정도 알아차렸다. 내면이 열기로 가득할 때면 항상 기도를 많이 하다 세상 뜨신 외가 어르신들만 염두에 두었는데, 그 영향만은 아닌 모양이었다. 어느 한 가지 일에 몰입하는 나를 보며 누군가가 신기神氣있다고 하면 적잖이 겁이 나곤 한다. 그럴 때마다 나는 더 소박하게 웃는다. 삶이 지극히 안온하고, 순탄한 사람이기를 바라는 까닭에서이다.

아홉 살에 할아버지를 여읜 아버지는, 할머니와 교대로 산지기 번番을 서서 그 삯으로 살아가던 때가 있었다고 하니 그 의지가 어떠했을까. 어린 눈에 들어온 산세의 경관이나 장례모습이, 당신의 앞날을 결정지은 것이라고 조용히 뇌는 것을 보았다. 환경의 지배를 무시할 수 없는 보기이다.

아버지에겐 이상한 마력 같은 게 존재한다. 눈빛. 한없이 인자하면서도 사람을 꿰뚫는 막강한 힘이 눈에 있었다. 뼈대 있다는 가문의 어머니조차 일찍이 그 힘에 이끌렸는지 모르지만, 아버지의 눈빛 앞에서는 추호의 거짓말이나 변명 따위가 맥 못 추기 마련이다. 우리들을 키우는 동안 어떠한 일의 결과에 있어 '어찌어찌 할 걸' 하는 미련어린 소리를 제일 마다하여, 매사에 최선을 다하라 하신다. 그분의 인생철학은 긍정뿐인 듯싶기도 하다.

병환으로 병원에 오래 머무는 동안, 자식들의 걸음이 뜸했던 일이 있다. 어머니가 다행히 한글을 알아 꾹꾹 눌러 수술각서를 쓰고 지장을 찍었다. 그때에도 아버지는 우스갯말을 했다.

"병아리의사들이 '할아버지, 할아버지 젊어서 뭐하셨어요?' 하기에 '논 갈고 밭 갈았다'고 했다. 그러자 젊은이들이 고개를 갸웃갸웃하며 나가더구나."

그렇다. 아버지는 그런 분이다. 농사일에 발이 묶인 채, 신흥종교에 심취하여 풍수지리연구로 생을 보낸 분이다. 격동기를 거치면서 나름대로 현실의 벽을 뛰어넘기가 실로 버거웠으리라. 그러한 아버지를, 나이 들며 점점 이해하게 된다. 그래서 글 쓰는 손을 더욱 신중히 하게 된다. 어느 때는 처절하리만치 아프고 또 어느 때는 환희의 물결에 에워싸이지만, 그 양면을 다독이는데 늘 게을리 하지 않는다.

이젠 아버지와 관계된 모든 것이 옛이야기가 되어간다. 나도 나이를 먹는 탓인지, 아니면 내재된 야심을 접지 못하는 탓인지, 인자하면서도 뜻을 굽힐 줄 모르던 그 성정을 은연 중에 닮아가고 있다.

번뜩이면서도 평화의 화신 같은 아버지를 어찌 한두 마디로 이야기 할 수 있으랴. 맘은 벌써 호탕한 웃음소리 찾아 친정마을로 줄달음질치는 것을. 그러면서 나도 시나브로 독학의 명수가 되어간다. 굽이도는 인생길에서 홀로 깨달아 뛰어넘어야 할 산이 어디 한둘이던가.

보리피리

락산 자락에 자리 잡은 성라자로 마을은 나병을 앓는 사람들이 모여 사는 곳이다. 3년 전, 이 근처의 아파트를 분양 받았을 때에 산 속 마을이 눈 설게만 보였다. 그러나 모든 것이 정붙이기 나름이라고, 이사할 곳에 대한 희망만큼이나 이 마을에 대한 관심도 높아져갔다. 그 중에서도 빨간 지붕에 빨간 벽돌집들이 궁금증을 더해 주었다.

그런데 나환자들은 오래 전에 이 마을을 떠났다고 한다. 그렇지만 마을 초입에는 이곳이 보호구역임을 알리는 팻말이 그대로 남아 있다. 버드나무가 늘어선 마을 앞 작은 개울에는, 자맥질하는 오리 떼가 한가로움을 보인다. 이따금 그쪽으로 난 길을 오가는 수녀들이 눈에 띄었지만, 나는 가톨릭신자가 아닌 데다 숫기도 없어 베일 속과 같은 그곳 사정을 알아보지 못하였다.

그러는 사이 새 아파트로 이사한 지 달포가 지났다. 그 동안 나는 라자로 마을 입구에 살고 있다는 사실조차 잊어버렸다. 하루는 버스를 타기 위해 정류장에 나가 줄을 서 있었다. 버스가 와 멈추고, 사람들은 하나 둘 차에 올랐다. 그런데 노인 한 분이 한쪽 팔을 뒤로 뻗어 누군가를 채근하였다. 그때 주먹을 쥔 듯한 손등이 푸르퉁퉁해서 옆으로 비켜서자, 한 노파가 화급히 다가서며 앞선 노인의 팔에 자신의 팔을 고리 짓듯이 엮는다. 노파는 모두 민둥손이었다. 그나마 한 손을 가진 노인이 두 사람의 중심을 잡아가고 있었다.

TV에서 〈소록도小鹿島 사람들〉을 방영한 적이 있다. 국토 남단에 있는 작은 섬 소록도. 아기 사슴을 닮았다고 해서 이름 붙여진 섬이다. 그 곳에는 국가 기관에서 수용한 나환자들이 살고 있다. 갈매기와 바닷바람을 벗하면서 살아가는 사람들. 특히 그들이 가꾸어놓은 꽃밭에는 육지를 그리는 간절한 마음이 닿아서인지 형형색색의 꽃들이 피어 있다.

소록도라 하면 50년대 『보리피리』의 시인 한하운韓何雲이 떠오른다. 그는 시집에서 「나는 문둥이가 아니올시다」를 통해 자신의 아픈 마음을 토해냈다. '청운의 뜻이 어허, 천형天刑의 문둥이가 되고 보니, 지금 내가 바라보는 세계란 오히려 아름답고 한恨이 많다. 아랑곳없이 다 잊은 듯 산천초목과 인간의 애환이 다시금 아름다워 스스로 나의 통곡이 흐느껴진다 ─고 한 그의 시집 서문이 애절하다. 나병환자로서 기약 없는 삶에 대하여 통곡하고 있다.

그가 남긴 詩 「보리피리」의 '닐리리'로 끝나는 후렴구에서 나환자들의 비애가 물씬 묻어난다.

나는 TV를 통해, 하얀 천으로 얼굴과 손을 감쌌던 소록도 사람들 속에서 57세를 살고 간 시인의 환영을 보는 듯했다. 가슴을 녹여낸 듯한 시 구절들이 그 섬의 바위에 새겨져, 나병 앓는 이들의 애환을 대변하고도 있었다.

　나는 이사한 이후로, 이곳 라자로 마을에 살던 이들도 모두 그 섬으로 갔으려니 생각해 왔다. 그런데 며칠 전의 버스 정류장 풍경을 보고 이곳에도 아직 그런 사람들이 남아있다는 것을 알았다.

　나환자는 아니지만, 내게는 민둥다리의 아버지가 계시다. 동맥경화 증세의 하나라는데, 다리의 혈血이 막혀 발가락부터 조금씩 제거 수술을 받은 것이다. 처음에는, 아버지의 발가락 하나가 거무튀튀하게 변하더니 오그라들기 시작했다. 그러더니 이내, 겨울철 오리나무 열매처럼 하나 둘 말라져갔다. 그때부터 아버지의 다리수술이 시작되었다. 나는 이러한 아버지를 보면서 나환자를 상상했다. 머리를 긁다가 손가락 한마디가 뚝 떨어졌다는 이야기나, 길을 걷다가 신발을 털어 보니 한 개 남은 발가락이 따로 나오더라는 이야기 등….

　첫 수술 후 얼마동안은 아버지를 모시고 종합병원을 전전하면서도 내 아버지가 장애인이라는 사실을 몰랐다. 그러다가 어느 날, 아버지의 없어진 발가락 자리를 보았을 때 가슴이 덜컥했다. 한쪽 다

리에 무게를 싣는 아버지를 보면서 내 스스로가 나병환자가 된 듯한 환상에 빠지기도 하였다.

그 후 여러 해가 지나면서 아버지의 외다리를 잊을 때가 있었다. 내가 무심한 탓도 있지만, 아버지는 의족을 부착하고 한복 바지자락을 댓님으로 여미고 계셨기 때문이다. 그러면서도 어설프게나마 걸어보는 여유를 보이셨다.

그러나 이제는 그 반쪽의 다리마저 아버지의 신체에서 떼어내야만 될 처지가 되었다. 발가락부터 시작하여 치오르는 병세에는 현대의학도 손을 들었다. 보릿고개 시절에 보리피리를 만들어 우리에게 물려주며 신명나게 들일을 해냈던 아버지. 정류장에서 보았던 나환자 노인들처럼, 아버지도 길을 나서면 누군가의 몸에 기댈 것이다. 그런 아버지의 모습을 나는 바라보고만 있다. 끊어질 듯 이어지는 한 하운의 보리피리―. 그 애절한 노래가 오늘 따라 더욱 가슴을 울린다.

창작메모 : 이 글은 친정아버지의 다리수술을 이틀 앞두고, 그분의 딸로서 사명감을 갖고 썼다. 다리가 없어질 이틀 뒤는 이미 감정이 달라질 것을 염두에 두었었기에…. 하여 글 쓰는 데에 매우 힘이 들었다.

아버지와 길일

　람들은 무슨 일을 도모할 때 날을 보아 실행에 옮기곤 한다. 결혼식 날 잡는 것이 그 대표적인 예라고 할 수 있다. 주말에 약속이 있어 시내 나들이를 하다보면 유독 교통체증이 심한 날이 있는데, 본의 아니게 지각한 사람의 낯을 세워주는 말 한마디가 역시 '길일'이다. '오늘이 길일이랍니다' 하는 말을 거부할 사람은 없기 때문이다.

이밖에 이사는 물론이고 집안에 물건 하나를 들여놓을 때에도 날을 보기는 마찬가지이다. 어떻게 보면, 날수를 따라 네 방위로 돌아다니며 사람의 일을 방해한다는 손 없는 날을 택해 집안의 대소사大小事이 이루어진다. 심지어 출산에 있어서까지 태어날 아기에게 좋은 날을 골라 제왕절개를 하는 이들도 있다. 이 모두가 길흉화복吉凶禍福 중에 길하기를 소망하는 사람들의 본능에서 비롯된 일이다. 게다가 요즘엔 2천년 1월 1일생의 아기를 낳기 위해 '사랑의 택일'

이란 말까지 생겨나고 있다. 2천년 정초에 아기를 낳으려는 바람이 이러한 말까지 낳고 있다. 출산出産일에 앞서 수태受胎일에 이처럼 관심을 보이니, 정작 21세기를 여는 첫날에는 얼마나 많은 산부인과가 붐빌지 모를 일이다.

　나는 주역에 대해 알지 못하지만, 마을 사람들에게 날을 가려주는 아버지를 어려서부터 보아왔다. 혼기 찬 뉘 집 자제가 혼인 말이 오가면, 당사자의 부모는 담뱃갑을 들고 슬며시 건너와 아버지로부터 날을 받아가곤 했다. 그 뿐 아니라 마을 사람들은, 장례절차 중의 하관下官의식조차 아버지의 힘을 빌곤 하였다. 그렇기에 길일이란 말이 내게는 전혀 생소하지가 않다.

　그런데 병원에 장기간 입원중인 아버지께서 일진日辰이 나와 있는 달력을 찾는다는 기별이 왔다. 여러 해째 지병이 있는 터라, 여덟 번에 걸친 다리제거 수술 후로 아버지는 며칠을 혼수상태에 계셨다. 그랬는데 가까스로 의식을 회복하고는 찾는 것이 달력이라니, 아버지께서 무엇을 준비하는지를 가족들은 이내 가늠할 수가 있었다. 병원 측에서도 아버지를 위한 처방은 다 내렸다고 하였다.

　말이 쉬워 절단수술이지 아버지의 왼다리는 손가락 두어 마디 정도가 남아있고, 오른쪽 다리는 엉치의 일부분까지 떼어내서 말 그대로 상반신上半身뿐이다. 4년 전의 첫 수술은 내 생일에 이뤄졌는데, 우리가족은 그 날을 길일이라 하였다. 하지만 마지막 수술은 부녀간의 천륜을 증명이라도 하듯, 맏딸인 언니의 생일에 행해졌다. 그 날은 아버지를 수술실에 들여보내면서 이것이 아버지와의 마지막 상면이려니 하였다. 그리고 아니할 말로, 그 날이 아버지의 기일忌日이 된다 하더라도 부녀간의 숙명을 받아들여야 한다고 우리들은 각오를 하고 있었다. 마음속으로 아버지께 안녕히 가시라는 자식들과는 대조적으로, 아버지는 "다녀오마" 하며 수술대에 밀려 들어가셨다.

나는 이런 일을 겪으면서 사람들의 삶에 대하여 의혹이 일었다. 육신은 멀쩡하고 정신이 먼저 소멸되는 치매환자와, 총기聰氣는 여전한데 육신이 병들어 그만 기력을 잃는 사람들. 그 중에서도 내 아버지와 같이 신체부위가 조금씩 줄어들어 더 이상 손쓰지 못할 때에 맞이하게 되는 죽음. 이 모두가 생명이 있기에 비켜가기 어려운 일들이 아닌가. 그래서 사람에게는 죽음복도 복이요, 그 날을 맞이하는 날에도 길일이 있다고들 하나 싶었다.

정월 초이튿날, 아버지께 가져갈 달력을 챙겨놓고 거울 앞에 섰다. 어쩌면 아버지의 의식이 남아 있을 때에 보이는 딸자식의 마지막 모습일지 몰라 곱게 화장을 했다. 그리고 화사한 색상의 옷을 입어보았다. 그런데 아무리 보아도 여느 때만 못해 보인다.

산소 호흡기에 의존하신 아버지는 몹시 고통스러워하며 내게 자꾸만 부채질을 하라 하셨다. 가슴은 금세 멎을 듯이 들썩거리고, 나는 그 옆에서 아버지의 유언이라도 들어두려는 듯 두 귀를 세우고 있었다. 그러면서도 달력은 차마 내놓질 못하는데, 호흡을 가다듬은 아버지는 묵중한 것을 토해내듯 입을 열어 "달력 좀 보자" 하신다. 긴장된 순간이다. 정초에는 마을에 거리제와 산신제 등이 있으니 그때만은 피하라고 아버지의 운명에 대한 어머니의 참견이 잇따르고….

아버지는 3월과 4월 쪽에 눈을 주다 쓸쓸히 달력을 덮었다. 그리고는 힘없이 '모레 가자'고 하셨다. 순간 어머니의 얼굴색이 흙빛으로 변하고, 날 추우니 조금만 더 있다 가라고 하며 떨어지기 싫어하는 젖먹이처럼 보채신다. 아버지의 고통을 지켜보다 못하여 차라리 가라고 역정내시던 어머니의 모습이 아니었다. 아버지는 어머니의 청에 못 이겨 다시 사흘을 미루셨다. 그리고는 그 날이 아버지와 아주 잘 맞는다 하였다. 평생을 남의 명당자리와 길일 가려주기를 낙으로 여겨온 분이기에 그러려니 한 일이었으나, 모르는 이들이 보기에는 병실에서 벌어지는 이 일이 해괴한 일이 아닐 수 없었다.

　그렇게 날을 받아놓긴 하였으나, 초를 다투는 아버지의 위중함에 나는 기가 눌렸다. 그래서 아버지께 넌지시, 어머니사정 보지 말고 아버지 좋은 날에 가시라고 하였다. 이미 지쳐 스러져가는 분을 위해 내가 해드릴 수 있는 건 그 말뿐이었다. 산 자의 아쉬움으로 인하여 놓아야 할 끈을 놓지 못한다면 그건 아버지께 오히려 불효라는 생각이 들었다. 하지만 아버지의 대답은 단호했고, 예정된 그 날에 퇴원하신 아버지는, 병세가 호전되어 아카시아 꽃이 피는 지금 안방을 지키신다. 그리고 두루두루 덕담까지 들려주시니, 그때 내가 아버지 말씀을 그냥 흘려들었지만 그 날이 분명 길일은 길일이었던가 보다.

　지금이 어느 시대인데 길일 운운하느냐고 할 사람이 있을지 모른다. 그러나 아버지가 길일을 말씀하시던 것을 떠올리면, 아버지가 회생回生하신 것이 바로 길일 덕이 아니었던가 생각한다.

우물자리

쾌청한 봄날, 대리석인 듯싶은 암반 틈새에서 물이 솟는다. 그것은 금세 우물을 이루더니 찰랑찰랑 흘러넘친다. 보洑안의 물에 내 얼굴이 비치는데, 물빛은 하늘을 닮아 푸르고, 얼굴은 바위를 닮아 검푸르다. 꿈이었다. 이런 꿈을 꾸고 나면 기분이 묘해진다. 원초의 바닥으로 돌아가는 느낌마저 든다. 삶에서 부대끼는 온갖 욕심들도 일순 사라진다. 무욕의 지극한 고요 속에서 뭔가 새로운 일이 열릴 것 같은 예감에 설레기도 한다.

고향집 뒷산 기슭엔 가마터가 있었다. 그리고 거기서 몇 걸음 거리에 바가지 샘이 하나 있었다. 우리가 그 마을에 터를 잡기 전부터 자기瓷器를 굽던 사람들이 목을 축이고 흙 반죽을 했을 물이다. 산속에 외딴집을 짓고, 도자기에 혼을 불어넣는 것으로 외로움을 달

랬을 사람들. 덩그러니 그 터를 지키는 우물자리를 통해서 나는 그네들의 삶을 유추해보곤 했다. 사방형으로 땅을 움푹이 파서 돌을 쌓은 형식은 어느 시대의 건축기법인지 모르지만, 한 때 그곳에서 보금자리를 이뤘던 사람들의 향기가 우물자리에서 솔솔 피어오르는 듯 했다. 허나 그들은 간데없고 사금파리만 널브러진 나지막한 샘가엔 해묵은 낙엽들이 쌓여가는데, 흙을 파내어 생긴 반 경사 언덕에선 신기한 광물들이 햇빛에 반사되어 눈이 부셨다. 그러한 곳의 우물을 우리 가족은 아예 못 먹는 물로 인식하였다.

그런데 그 우물자리를 나는 가끔씩 꿈길에서 만난다. 고향을 떠나온 후로 가본 일도 없건만, 작은아이의 태몽이 그 우물과 관련된다. ―그 옛날 등한히 여겼던 묵은 우물 하나가 나와 내 아이에게는 또 다른 근원으로 터를 잡는 것이다.

이처럼 어릴 때 가까이 했던 물은 그 사람의 일생에 영향을 미치나보다. 먹고 자란 물은 물론이고 보고 자란 물이어도, 그건 한 사람의 근원이 되어 밀접하게 따라붙는다. 어머니의 자궁, 즉 물에서 왔고 물로 돌아간다는 사람들의 삶에는 우물과 관계된 설화도 많다. 그 중 통일신라시대의 선승인 범일국사泛日國師에 얽힌 탄생설화도 우물과 관계된다.

강원도 명주군 학산 마을의 한 처녀가 '석천石泉'이란 샘물을 길어다가 마시려는데 그 속에 해가 들어있었다고 한다. 처녀는 그 물을 마신 뒤로 태기가 있어 13개월 만에 아이를 낳았는데, 그가 바로 범일국사다. 그는 일찍이 출가하여 당나라에서 도를 깨쳐 국사가 되었고, 열반한 후에는 대관령에 올라 산신령이 되었다는 신화가 전해온다. 그때 범일국사의 어머니가 마셨다는 석천은 지금은 볼품

없지만, 신성성이 깃든 우물로 알려져 사람들의 발길이 끊이질 않는다.

소설을 쓰는 형제들과 사람의 근원에 대해 얘기할 때가 있다. 그럴 때면 공통적으로 등장하는 것이 물이다. 그것도 어린 날 먹었던 물 중에 가장 높은 지대에서 나던 물에 이야기의 초점이 맞추어진다.

능선 너머에 있는 골짜기엔 가재가 기어다니는 지반 사이로 얼음장 같은 물이 흘렀다. 부모님이 땅을 개간했다 하여 '생땅판데'라고 부르던 곳이기도 하다. 우리 가족은 그곳에 주전자 하나 너비의 보를 쌓고, 그곳에서 냉수를 길어다 먹으며 여름을 나곤 하였다. 어디든 물이 고인 곳이면 발원지가 있듯이, 우리 형제들의 정서적 근원지는 바로 그 '생땅판데'인 셈이다. 그런 얘기를 나눌 때면 너나할 것 없이 얼굴에 미소가 고인다. 그만큼 우물자리는, 우리의 성장과정에서 빼놓을 수 없는 신비의 요체였다.

그러나 지금은 그런 것들의 흔적을 알기가 어렵다. 고향마을이 골프장풀밭에 들어있는 까닭이다. 우리 형제들의 정서적 근원이 되어주던 골짜기나 내 아이의 태몽으로 안겨들던 우물터는, 이제 다시금 누구의 몸을 적시며 되살아나고 있을까.

나는 어딜 가나 우물자리를 만났을 때 가슴이 뛴다. 생수가 솟고 있으면 더없이 반갑고, 우물터나마 보존되어 있으면 선인들의 생전 모습을 가늠해볼 수 있어서 그 역시 반갑다. 2년 전 홍성 기행 때는, 청산리대첩 등으로 민족혼을 불태운 김좌진 장군의 생가에서 물맛을 보았다. 문화의 인물을 많이 낸 그곳 사람들 말에 의하면, '김좌진 장군을 최영 장군의 환생'이라고 믿는 이들도 있다 한다. 윤회사상으로 미루어 볼 때 그럴 법한 얘기나, 우리 사람이 나고 죽는 것이야 신이 아닌 한 그 누구도 알 수 없는 일이다.

하지만 생이 다해 흙으로, 물로, 공기로 돌아갔다가 다시 생명을 얻어 환생한다는 이치를 나는 우물터에서 찾는다. 물이 지닌 생성의 상징성 때문인지 모르지만, 우물자리에서 곧잘 그런 의미를 건져 올린다. 땅에 스며든 물이 여과되어 우리 사람들의 몸을 적시고, 그 몸이 다시 자연으로 돌아가고, 또 오고…. 그래서인지 오래 전 사람들이 먹고 간 샘물을 맛볼 때, 시공을 뛰어넘는 교류가 이뤄진다. 내가 그들이 되고, 그들이 내가 되어 내 안에서 출렁인다.

고향 뒷산 시루봉

터

사람들은 저마다 은밀한 터를 지니고 살아간다. 그 터의 크기라든가 생김새에는 크게 의미를 두지 않는다. 다만 외지에서 찬바람을 만났을 때 어머니 품속처럼 온기 어린 곳이면 그만이다. 그렇기에 그 안에서는 대부분의 사람들이 곧잘 어린아이가 되기도 하고, 천진난만한 웃음도 쏟아 부을 수 있는 게 아닐까.

지난 봄, TV를 보던 나는 그 동안 숨겨왔던 마음속의 터를 한껏 들여다보았다. 「지방시대를 연다」는 프로를 통해 충청도의 5일장이 방영되고 있었다. 대천 바닷가의 싱싱한 생선에서부터 금산의 인삼 등 5일장에 주를 이루는 우시장까지 볼거리가 많았다. 코뚜레에 꿰인 송아지가 어미와 떨어지기 싫어 울며 끌려오던 장면은 보이지 않았지만, 시골 장터 맛이 살아있는 친근감에 빠져들고 있었다.

내가 어렸을 적 아버지는, 수십 리 밖 우시장에서 목매기를 사오시곤 했다. 가족들은 보송보송한 외양깃을 넣어주거나 송아지의 별명을 미리 지어보면서, 늘어날 새 식구에 대한 기대로 들뜨곤 하였다.

TV를 보면서 나는 참으로 오랜만에 고향을 더듬어가고 있었다. 그런데 화면이 바뀌면서, 아파트촌에 좌판도 없는 썰렁한 장이 펼

신도안 대궐터 주초석

쳐졌다. 음색을 가다듬은 내레이터가 「신도안의 5일장」이라고 해서, 나는 순간적으로 벌떡 일어났다. 이미 사라진 지 오래인 고향장터의 명칭에 귀가 번쩍 띈 것이다. 어쩌면 신도안 장의 명물名物이던 '신도안 엿'을 볼 수 있겠다는 생각도 들었다. 그러나 장의 실상은 인근 주민들이 본래의 신도안 장을 못 잊어 개설한 일명 '금요장터'였다.

일시적이나마 불일 듯 하던 환상이 깨지고 말았다. 장이 서는 곳은 코흘리개들의 모교가 있던 곳이다. 남으로 호남선 철로가 내다보이던 들판에, 낯선 아파트 덩이가 보란 듯이 서 있다. 그리고 그곳엔 남풍에 묻어오던 기적 소리보다 자동차 소리에 길들여진 사람들이 살고 있었다. 나는 보지 말아야 할 것을 보아버린 듯, 감추어 둔 보물을 내보인 듯, 갈피 잡기 어려운 감정이 일었다.

10여 년 전, 신도안 주민 2천여 세대는 정부 시책에 의해 각처로

계룡산 암용추

대이동을 하였다. 사람들은 대대손손 물려온 집과 전답을 남겨두
고, 순순히 짐을 꾸렸다. 어렵사리 초가를 면하고 새집을 지은 지
1년만이어서, 어머니는 기둥을 끌어안고 울어야 했다. 그곳은 어렵
고 힘들었지만 우리들의 유년시절이 깃든 고향이었기에 더욱 그러
했다.

그 후, 3군 본부인 계룡대가 들어섰고 그렇게 변한 고향에 다녀
오는 사람들도 늘어났다. 내 형제들의 태가 묻힌 옛 집터는 골프장
이 되어있다고도 했다. 찾아가 봐야 반겨줄 이 없는 그곳을 향해
마음이 내달리는 것은 어쩔 수가 없다. 시집와서 아이를 가질 때마
다 태몽은 항상 고향을 배경으로 하였다. 열 달 동안 고향에 뿌리를
둔 꿈의 형상들이, 각양각색으로 나를 에워쌌다. 팔뚝만한 잉어 떼
가 맑은 물가에서 노는가 하면, 밤사이에 떨어진 알밤을 줍느라 치
맛자락이 불룩해지기도 하였다.

이렇듯 고향은, 내게서 멀어지질 않았다. 그런 고향이 금요 장터 장면으로 혼돈의 늪에 빠지면서 지난날의 환상에서 깨어나게 되었다. ‘대덕군 진잠면 남선리’가 ‘논산군 두마면* 남선리’로 행정구역마저 바뀌었으니, 고향에 대한 정은 몇 백리 밖으로 떨어져 나간다. 목 메이게 달려가고 싶을 때마다 변화된 고향에 실망만을 하였다.

하지만 장터를 취재하는 리포터에게 팔목 잡힌 쪽진 노인의 모습이 살가움으로 다가온다. 어쩌면 친구의 어머니가 아닐까하는 생각마저 든다. 신도안의 갱엿은 보이지 않을망정, 옛 정취를 잊지 못하는 나는 흩어지려는 지난날의 생각들을 주워 모은다. 나도 어찌 보면 지금 남의 터를 빼앗아 살고 있는 것 아닌가.

지금 내가 사는 곳은 산본 신도시이다. 개발되기 전의 흔적들은 거의 없다. 약수터 근처의 뙈기밭과 편평한 구들 깔린 집터자리가 지난날 누군가의 터전임을 말한다.

사람들이 터를 내어준 곳이 이곳만은 아니다. 고향을 잃고 시름 겨워하는 사람들 역시 한두 사람인가.

머지않은 날에 아이들 손을 잡고 내가 살던 옛 터를 보여주러 가야겠다. 베적삼에 밀짚모자를 눌러썼던 우리들의 아버지 모습이 아니더라도, 군용 점퍼에 머리가 짤막한 그곳 주민들에게서 고향을 찾아보려 한다.

* ‘신도안면’이라 개칭됨.

밤 한 톨

친정어머니가 보내온 밤 한 톨이 냉장고 속에 든 채로 가슴을 데운다. 그 밤 한 톨엔 3년 전 농촌마을의 가을 풍경이 주렁주렁 달려있다. "애야, 어느 새 올밤이 벌었구나!" 하는 어머니의 음성도 두런두런 들려온다. 사실은 그 말씀마저 생략되었지만, 나는 그 작은 것에서 무한한 의미를 찾아 읽을 수가 있다.

그 무렵 어머니는 병마로 두 다리를 잃으신 아버지를 돌보느라 경황이 없으셨다. 나도 시어머님의 병석을 지키느라 여념이 없었는데, 어머니는 딸에게 줄 고춧가루를 포장하며 그 안에 올밤 한 알을 콕 박아 넣으신 거다. 뒤뜰에 떨어진 결실이 반가워 쪽지 하나 넣을 새도 없이 여미었나보다. 아니면 아버지 신변에 화급한 상황이 벌어져 그랬구나 싶기도 했다.

그 밤 한 톨을 보는 순간 어머니의 미소가 떠올랐다. 세상사 힘들어도 여간해선 미소를 잃지 않는 분이다. 나도 그러한 어머니를 닮고자 하나, 고고한 품위마저 익히기엔 아직도 멀었다. 70을 바라보는 연세에도 어머니에겐 반짝이는 위트가 있다. 그런 어머니의 감성이 나로서는 반갑기만 하다. 그러면서도 하고 싶은 말들을 참고 계시는구나 하였다.

새삼, 어머니 앞에서 글을 쓴다는 나 자신이 부끄러워졌다. 우리가 어떤 대상을 만났을 때 거기서 울려오는 교감을 유추해내는 것이 글쓰기라면, 내 어머니는 그 작은 밤 한 톨을 통한 은유로 나를 깨우고 계셨다.

어릴 때, 밤 한 톨과 관계된 노래를 어머니와 자주 불렀다. 그런데 이 노래는 놀이와도 연결되어 있다.

> 달강달강 달강달강/ 어느 날 새앙쥐생쥐가/ 밤 한 톨을 주워다가
> 가마솥에 삶아서/ 껍데기는 삼촌 주고/ 번이는 할미 주고
> 알맹이는 너랑 나랑 먹자.

가락에 맞추어 흥얼흥얼 아기를 어르다가, 노래가 끝날 무렵엔 '너랑 나랑 먹자!' 하며 맞잡은 상대의 팔을 당겨 와락 끌어안는 놀이이다. 그럴 때의 어머니 얼굴엔 미소가 가득하였다. 그런 모습을 보고, 나는 자연스레 동생들의 손을 잡고 따라하며 자랐다.

구전되는 가요지만 이 노랫말을 살펴볼수록 시사성이 강하다. 층층시하의 며느리 입장을 생쥐에 비유한 게 아닌가 싶다. 먹을 것이 귀하다 보니 밤 한 톨을 가마솥에 삶았을 것이고, 그중 알맹이를 제외한 껍데기류를 시집 식구들에게 나눠주자 하니 좀 얌체 같긴 하다. 그리고는 알맹이를 '너랑 나랑 먹자!'고 통쾌하게 말한다. 이 대목을 읊조리며 우리의 선대 여성들은 얼마마한 쾌감을 느꼈을지 가히 짐작이 간다. 내 어머니는 친정살이를 하여 시댁과의 사이에서 빚어지는 고충 같은 것은 별로 맛보지 않았을 터이고, 아마도

그 대목에서는 아버지에 대한 불만을 내비친 게 아닌가 여겨진다. 산세山勢에 취해 젊은 날을 산에서 보내다시피 하신 아버지이니, 어찌 어머니 속을 태우지 않았으랴.

아버지 가시고 난 어느 날, 전화를 주신 어머니는 "내가 글을 쓰려들면 너희 아버지에 대해서 책 3천 권은 실히 쓴다"고 하였다. 여성들이 보통 책 세 권 쓴다는 말은 하지만 3천 권이라니…. 순간적으로 나는 분발해야겠다는 생각을 했다. 어머니를 보아서라도 명색이 글 쓴다는 사람이 꾸무럭거리고 있어서는 안 될 일이었다.

어머니의 은유법에 대해서는 그간의 체험으로 이미 잘 알고 있다. 그러나 과장법이 이렇게 심하신 줄은 미처 몰랐다. 하기야 말씀이 별로 빠르지도 않은 분이, 열이 넘는 자식들의 태몽을 이야기하는 데에 10분이면 족하다. 그러니 어쩌다 아버지가 미워질 때면 그「달강달강」의 노랫말을 슬쩍 바꾸어 불러보시진 않았을는지.

이는 내 어머니뿐 아니라 그 시대를 살아온 분들이라면 거의가 겪었음직한 일이다. 하고 싶은 말을 참음으로써 더 많은 말을 하는 함축의 미학을 일찌감치 터득하여, 그 속에서 조화를 이뤄냈을 것이다.

어머니가 보내주신 밤 한 톨을 통하여 모처럼 깊은 향수에 젖어보았다. 눈감고도 부를 수 있는 유년의 노래. 그러한 것을 까마득히 잊은 채 나는 시집살이를 잘도 해냈다. '달강달강 달강달강…' 하는 노랫말에 잠겨들 사이도 없이, 앞길을 향해서 훠이훠이 노를 저어 왔다.

장날

먼 길 장 서는 날, 돈이 될 푸성귀들이 토방에서 밤을 샜다. 하루나 한 단 30원, 무 한 개 5원, 참외 한 개 20원, 도라지, 감 등등. 울퉁불퉁한 보퉁이들이 푹 꺼지면, 그것들은 이내 우리들의 꿈이 되어 돌아왔다. 공책, 크레파스, 육성회비….

어머니가 이고 나가면 조금 멀리 가고, 아버지가 지고 나가면 집에서도 바라다 보이는 저만치 둥구나무 아래 멈추곤 하였다. 미리 마중 나온 장사꾼들에게 짐을 통째로 넘기고는, 빈 지게로 터덜터덜 돌아와 어머니의 잔소리세례를 받는 아버지. 집에서 멀어져 장 가까이로 갈수록 물건값이 오르는 이치를 아버지는 알아, 지극히 당연한 바가지를 긁히고 또 긁혔다.

그러면서도 열에 아홉 번은 그 둥구나무기점을 넘지 못하고, 맘씨 좋게 훌훌 등짐을 부렸다. 하루나 한 단 20원, 무 한 개 3원, 참외 한 개 10원으로 값이 매겨져도 아버지는 그런 쩨쩨한 것에는 연연해하지 않았다.

그 후 내가 5일장에 왕래할 때면, 장사에 영 서투른 사람을 찾아 물건을 산다.

윷놀이

 놀이는 윷가락 부딪치는 소리에서부터 흥이 난다. 지금은 어딜 가나 화투판이 단연 앞서지만, 내가 어릴 적만 해도 어딜 가나 윷판이 벌어졌다. 윷가락을 던져서 나타난 수대로 말을 전진시키는 단순한 것 같은 이 놀이는, 시작부터 끝날 때까지 긴장의 연속이다. 앞선 말을 잡아도 상대방의 윷이 모가 나오면 한 거리ㅌ체 했다고 하여 마음 놓을 겨를이 없다. 언제 역전이 될지 모르기 때문이다.

말 네 개가 한데 업고 달리는 모습도 볼만하지만, 한 순간에 모두 잡혀 울상이 된 사람의 모습을 지켜보는 재미도 그 못지않다. 이러한 윷놀이는 어떻게 보면 꾀의 놀이라고도 할 수 있다. 경우에 따라서는 말판 쓰는 사람이 따로 있는데, 말잡이에 따라 승패가 좌우된다. 윷놀이 유래만 보더라도 신앙적 요소가 가미된 것이 있는가 하면, '적과의 대진 중에서 장수가 진중 병사들의 잠을 막기 위해 창안한 놀이'라고도 전해온다.

편을 짜서 하는 윷놀이는 양편에 붙이는 이름이 꽤 재미있다. 정초, 우리 마을에서 흔히 붙여 놀던 이름으로는 '마른가리'와 '물가리'가 있었다. 천수답을 둔 사람들은 마른가리편이 되고, 무논을 둔 사람들은 물가리편으로 놀면서 그 해의 1년 농사를 점쳐보곤 하였다. 마른가리편이 이기면 그 해에는 비가 많이 내려서 무논 쪽이 손해를 볼 것이라 했고, 물가리편이 이기면 이와는 반대로 예측하였다. 그래서 서로 간에 풍작을 기원하는 마음으로 일부러 비겨주기도 했다.

요즘이야 매끄럽게 깎아놓은 윷이 시중에 나와 있어 윷을 만드는 재미마저 느낄 새가 없다. 하지만 내가 자랄 때만 해도 생나무를 잘라 만든 윷으로 놀이를 하였다. 게다가 대가족이 모여 사는 집에서는 어른들의 손에 맞는 것과, 아이들 손안에 들어가는 것이 따로 있었다. 형제가 많은 우리 집에서는 그래서 여느 집보다 윷이 많았다. 아버지께서 밤나무가지를 베어내어 굵은 윷을 만들고 나면, 동생들은 톱을 들고 달려들어 각기 개성에 맞는 윷을 만들곤 하였다.

설을 기점으로 하여 열리던 이 놀이는 사람들의 가슴에 추억을 안겨주었다. 친정아버지만 하더라도 나를 낳던 해 정월달이 가장 기뻤다고 하신다. 이유인 즉, 금줄을 치고 며칠 안 되어 동학교도들의 윷놀이에 참석하게 됐는데, 그 윷판이 아버지를 위해 마련된 것 같았다고 한다. 상대방에게 지고 있을 때는 별 의욕이 없었으나, 용케도 앞선 말을 따라잡으면서 역전이 되어 연거푸 몇 거리를 했다고 한다. 그러자 모여 있던 사람들이 아버지를 번쩍 들어 헹가래쳤고,

그때 우승 기념으로 받은 선물이 동생들의 출시出時를 알려주던 탁상시계였다.

그 후 아버지는 종종 그 시절 회상에 젖어들곤 하였다. 그럴 때 아버지 모습은 모처럼 농군의 시름을 내려놓은 듯 평화로웠다. 우리의 고유문화니 뭐니 하고 단서를 달지 않았어도 아버지는 전통문화의 계승자처럼 보였다.

그런데 이렇듯 아버지의 영향을 받은 내가 결혼 후에는 그와 같은 사정이 아니었다. 시집 온 지 여러 해가 지나도록 나는 시댁 식구들 간에 윷판이 벌어지는 것을 보지 못했다. 명절에 윷은 그만두고라도 별로 흥을 낼 줄 모르는 조용한 집안이었다. 좋게 말해 양반댁이라고 하지만, 호방하게 길들여진 나로서는 적잖이 답답했다. 그런 속에서 여인들의 삶이란 그런 것이라고 타이르는 또 하나의 나를 만나기도 하였다.

그러던 중 시어머님을 따라 종친회 나들이에 나선 일이 있다. 이러한 나들이가 처음은 아니지만, 문중 사람들과 어울리는 자리여서 어렵기 그만이었다. 수염을 기른 어른도 어른이지만, 머리가 파뿌리가 된 분들 쪽으로 시선이 닿았다. 저 분들도 내가 시집을 때처럼, 이 집안에 뼈 묻기를 소망하고 오신 분들일 거라는 생각이 들자, 그 분들이 고결하게 보였다.

게다가 행사 중에는 문중에서 내리는 효부상 시상식이 있었다. 수상자가 누구인지는 짚이는 바가 있었으나, 아무튼 누가 보아도 고개가 끄덕여질만한 분이어야 한다고 생각되었다. 그런데 이보다 앞서 윷놀이가 있다고 하였다. 그때 나는 귀가 번쩍 틔었고, 내가 윷놀이를 하고 싶어 하는 것을 알아차리기라도 한 듯, 시어머님은 내 등을 떠다밀었다.

서울의 주택가―한 옥상에서 벌어지는 윷판이다. 처음 몇 번은 형식적으로 내 차례가 오면 그냥 집어던지기를 거듭하였다. 그러자 누가 상품에 욕심을 부려 보라 해서, 나는 아버지가 타 오신 옛 탁상시계를 떠올렸다. 헹가래 띄워 공중에서 덩실거리던 아버지의 젊은 모습도 포개어졌다. 그 때부터 윷을 모아쥔 손에 힘이 실리기 시작했다.

몇 번 노는 사이에 역전이 이루어졌고, 함성에 놀라 주변 사람들이 모여들었다. 말판을 잘 쓰는 것은 싸움터에서의 용병술用兵術과 같은데, 내가 말판을 직접 쓰자 의아해하는 사람들도 있었다. 촌수도 잘 모르는 문중 어른들까지 점잔을 풀고 응원하는 바람에, 나는 그곳이 어려운 자리라는 것도 잊었다. 집안 간에 다소 억제하던 감정들이 윷가락에 묻혀 사라지고, 윷판에는 신바람이 실렸다.

윷놀이는 가라앉은 마음을 일으키는 힘이 있다. 이 놀이 앞에서는 그냥 마음을 닫을 수 없게 한다. 해가 바뀌면 윷가락 부딪는 소리에 새로운 희망이 일렁인다. 온 식구가, 온 마을 사람이, 골목어귀나 마을회관에서 펼치는 윷놀이. 거기서 우리는 사람들 간의 마음 섞이는 소리를 듣는다.

김타깨비

깨비이야기가 나오는데 웃지 않을 사람 있을까. 도깨비란 말만 들어도 까르르 까르륵 웃음이 터질 판이다. 그런데 그것의 콧구멍 얘기다. 등장하는 명사, 즉 이름만으로도 해학의 해학 아닌가.

봄비 부슬부슬 내리는 날에 우산 펼쳐들고, 성곽주변을 더듬는 여성을 떠올려보라. 그녀는 몇 년을 별러서 도깨비 콧구멍을 확인하러 가는 거란다. 한 번 보고 온 것을 다시 보러 나선 길이라니 그 열성도 어지간하다.

전에도 비가 와서 우의를 입고 다녔었다. 인솔하신 시인 선생으로부터 포루에 대해 설명을 들었는데 빗소리에 그만 놓쳐 속이 답답했다. 하나 당시에 재차 묻질 못하고 시일을 끌다가 전화로 한번 여쭌 일이 있다.

"그때 그… 거기, 화성답사 때요" 해놓고는 다음 할 말을 머뭇거렸다. 도깨비콧구멍이란 말이 나오다 말고 기어들어갔다.

"네? 도깨비콧구멍? 하하하."

"그곳을 무어라 하나요? 망보는 데를…."

두 사람관계가 아무리 평균 인생길의 5분의 1쯤을 함께 걸은 사제간이라 하지만, 말하기 민망하여 주저주저 물었는데 또 우물우물 들린다. 설사 또박또박 불러줬더라도 그 짓궂은 웃음소리에 지배당해 절반만 들렸을 것이다.

그러고 나서 몇 년이다. 이번엔 즉흥적으로 길을 나섰다. 직접 도깨비 콧구멍을 찾아가는 길이다. 쾌청하던 날씨가 지난번처럼 꾸물거리더니 빗발이다. 마음이 다소 급해진다. 장안문에서 서장대 방향으로 거스르면서 성곽을 끼고 걷는다. 단청이 울긋불긋한 포루에 구멍이 나있으면 죄다 그것으로 보인다. 이것도 그것 같고 저것도 그것 같다. 한눈에 알아차릴 것 같았는데 그렇게 선연하던 것이 사람을 헷갈리게 한다.

그러기를 얼마 후, 여성도 시인선생의 놀림처럼 파안대소한다. '북포루北鋪樓와 '북서포루北西砲樓' ─ 온통 도깨비얼굴이다. 동글동글한 콧구멍들이 반갑게 맞는다. 적군이 성벽에 접근하는 것을 막기 위해 치성위에 잇대어지은 목조건물 포루는 군사들의 휴식처이며 망을 보던 곳이라 하는데, 그것도 비상시 화포를 쏠 수 있도록 만든 시설물 아닌가. 이 기발한 물상들은 곧 병사들의 눈이 되는 곳이며, 화포火砲부리를 고정하는 자리이다. 그 동그란 공간을 문학하는 사람들은 '도깨비 콧구멍'이라 부른다.

포루의 창 격인 그 생김생김을 밖에서 살펴보면 영락없는 도깨비얼굴이다. 안으로 굽은 두 개의 뿔에 위로 송송 솟은 눈썹, 약간 치뜬 눈에다 가운데로 뻥 뚫린 코, 그리고 목젖까지 훤히 들여다뵈는 헤벌어진 입매가 그럴듯하다. 적과 대립하기 위한 성을 쌓으면서도 어쩌면 이리도 해학을 끌어들일 수 있었을까. 적병이 악착같이 달려들다가도 도깨비얼굴과 마주치는 순간, 짐짓 주춤거리며 웃음을 터뜨리지나 않았을는지. 물론 급박한 상황 속에서 그게 가당키나 할 일이랴마는, 여성은 처음 이곳에 대한 설명을 들을 때 이미 그 광경을 떠올렸었다. 싸움터에서 웃는다는 건 바로 패배와 연관지어지지 않는가. 상대가 긴장이 풀린 상태라면 아군은 그 기회를 놓칠 리가 없는 일. 이 화성을 기획한 다산 정약용 선생은 진즉 이런 점들을 염두에 두고 축조하였을 것만 같다.

도깨비는 우리 사람과 떼어 생각할 수 없는 거리에 있다. 하여 민담이나 동화 속에도 자주 등장한다. 그 성격이 인간과 매우 비슷하여 먹고 노래하며 춤추는 것을 즐긴다나. 예쁜 여자를 보면 좋아하기도 하고, 심약한 사람에게는 은근슬쩍 심술도 부린다고. 착한 사람에게는 부富를 주고 그렇지 못한 사람에게는 괴로움을 준다는데, 정작 여성도깨비가 있었다는 말은 아직껏 들어보지 못했다.

이렇게 그들의 역할이 분분하지만, 실은 그다지 실속도 차리지 못하는 헛똑똑이라 여겨진다. 하여 야무진 사람을 두고는 절대로 도깨비란 별칭조차 쓰지 않는다. 여성의 유년시절, 그녀 아버지는 툭하면 도깨비란 놈과 씨름을 하고 왔다고 했다.

"아 내가, 저기 산모롱쟁이를 돌아오는데 말이지. 그놈들이 떼거리로 나타나서 시비를 걸지 않겠어? '어이, 김서방. 씨름 한 판 하고 가세' 하면서 말이지. 그래서 내가 왼편으로 냅다 다리를 후리어 자빠뜨리고 왔지. 낼 아침에 가보면 그놈들 수두룩이 나동그라져있을 거구먼. 도깨비란 놈은 반드시 왼편으로 다리를 걸어야 맥을 못 추거든. 암 그렇지. 너희들도 그건 꼭 알아둬야 혀 응?"

그럴 때마다 여성은 정말로 앞산모롱이에 도깨비의 시신 떼가 득

실거리는 줄 알았다. 큰살림을 짊어진 어머니만이 "으이구, 김타깨비!"를 읊어댈 뿐. 타깨비는 바로, 술기운에 젖어 도깨비와 놀고 다니는 그녀 아버지의 별호였던 것. 그 말은 곧 도깨비란 뜻인 줄을 알면서도 그 양반은 마음씨 좋게 빙긋이 웃기만 했다.

그런데 세상일은 알 수 없다고, 어느 결에 마흔 중반을 넘긴 이 여성이 반쯤 도깨비가 되어간다. 술은 할 줄 모르나 즉흥적 행동이 점점 늘고, 잇속 따져 움직일 줄을 모르니 아예 타깨비가 되어가는 증세로 보인다. 머잖아 세간엔 '경기도 의왕에 여성도깨비가 등장했다'고 수근거릴지 모르겠다. 누군가 그녀의 상을 떠올리며 지레 배를 쥐고 나자빠질지도. 하여 묘한 기氣싸움에서의 패배를 자인하게 될지도.

손바닥배미

카니족 사람들은 돼지가 옆으로 누워있는 모양으로 논을 만들었다고 한다. 돼지가 복을 준다고 믿는 성향이 우리나라의 그것과 같은지는 잘 모르지만, 능선에 기댄 다랑논의 모양이 한결같다. 숲과 안개, 구름과 물, 그리고 벼가 어우러져야 쌀을 낳고 식량을 얻을 수 있다는 그들의 자연 숭배사상이 사람을 숙연케 한다.

친정 가는 길에도 다랑논을 만날 수 있다. 특히 차령산맥을 휘돌아가는 길목에서 잠시 쉬며 내려다보던 작은 논들은 한 폭의 수채화였다. 여러 길손들의 가슴에 잊혀져가는 향훈香薰으로 자리하던 고만고만한 논 골짜기. 지금은 차령고개에 터널이 뚫려 아스팔트 안에 곱게 묻혔다.

고향시냇가에 다랑논 몇 배미가 있었다. 그중에서도 가장 작은 논을 잊을 수가 없다. 1년 농사라야 벼 한 말 나는 손바닥배미인데, 나이 열네 살에 아버지로부터 하사받은 네모반듯한 내 논이었다. 남의 땅 도지를 내야만 벼농사를 짓던 시절, 개울가의 문서 없는 그것들은 아버지가 개간한 우리 것이었다. 수확물을 땅임자에게 상납하지 않아도 되던 온전한 내 것. 쭉정이가 반이나 되어도 걱정

없던 땅. 큰물 질 때 귀퉁이가 떠내려가도 할 말 없던 땅…. 그래도 현실에 발목 잡혀 옴짝달싹 못하던 청소년기의 내게 가없는 희망으로 넘실거리던 논이다.

지금도 길을 가다가 다랑논을 보면, 남몰래 가슴이 쿵덕쿵덕 뛴다. 묵고 있는 논배미 하나 폭폭 떠서 단걸음에 훔쳐오고 싶다. 흐르는 물가에 나무껍질 홈을 놓아 물을 대고, 봄 햇살에 토실한 독새풀 갈아엎어 논두렁 반질반질 붙이고 싶다. 그리고는 모耗 두어 춤눈어림으로 줄맞춰 꽂아, 실한 농사 한번 거두고 싶다. 그 쌀로 소반지어 정다운 사람들과 무릎 맞대고 둘러앉아, 후후 불며 나누고 싶다.

어느새 세상에서 가장 작은 논배미 하나 녹음 빛 짙게 뿌리 어우러지는 소리, 충만한 노래로 들어앉는다. 흰 쌀밥 닮은 미소가 훈김으로 퍼진다.

책과 어머니

아버지의 입원이 잦은 관계로, 종합병원 근처 동숭동 마로니에공원길을 자주 오가게 되었다. 병상을 지키던 어머니는, 그럴 때마다 바람 좀 쐰다며 집으로 돌아오는 나를 지하철역까지 배웅해주시곤 하였다. 그러다가 광장에서 한창 공연을 벌이는 대학생들을 보면 "참 보기 좋구나" 하셨다. 생기발랄한 그들의 모습과, 한창 공부할 나이에 산업현장에서 꿈을 삭이던 지나간 시절의 나를 비교하시는 것 같았다. 말씀은 보기 좋다고 하셨지만, 환갑을 넘긴 어머니에게 열광적인 젊은이들의 노래와 춤이 얼마나 심금을 울렸겠는가. 무엇에든 억눌리지 않은 듯한 젊은이들의 표정을 어머니는 좋아하셨는지 모른다.

첫수필집이 나왔을 때 나는 아버지의 병실에 들러 책을 선보였다. 동행한 이가 있어 인사를 마치고 언덕길을 내려서는데, 누군가가 책 꾸러미를 잡아채기에 돌아보니 어머니였다.

"네가 책을 현관에 맡겨놨다는 말을 깜박 잊었다. 숨이 차게 왔구먼. 이리 내라, 하나도 안 무겁다."

어머니는 나에게서 책을 받아들어 머리에 얹고는 동숭동 길을 걸으셨다. 똬리도 없이 손도 놓은 채 조금은 도도하게 장안길을 걸었다. 나와 책을 맞들던 이가 어안이 벙벙해 서 있는 사이, 어머니는 저만치 앞서 걸으며 손짓을 하고 계셨다. 나로선 힘든 책 40권의 무게가 어머니에겐 그렇게 간 곳이 없었다.

어머니는 우리가 어릴 때, 사람 사는 집이면 책 읽는 소리도 끊이지 않아야 한다고 이르셨다. 그래서 들일을 마친 어머니가 물을 길어 나르는 해질녘이면, 흙벽 방의 우리들은 개구리가 노래하듯 목청껏 책을 읽었다. 그 소리가 우물가에 닿을 정도로, 그래서 물동이를 인 어머니의 걸음에 힘이 실리게끔 하였다. 그런 훈련으로 학교의 발표시간에는 더듬거려본 일이 없다.

형편이 어려워 그랬지만, 방안의 도배지도 헌책을 사용했다. 손님이 들를 수 있는 안방에만 무늬 진 벽지를 바르고, 우리들이 쓰는 윗방은 외할아버지의 유품인 고서古書들로 발랐다. 이즈막엔 일부러 고풍 어린 찻집을 찾아들지만, 흙벽에 고서의 한지를 발랐던 그 방이 나름의 운치가 있었다.

무남독녀로 자란 게 원이 되어 우리를 여느 집 곱절로 두신 어머니는, 기우는 살림 속에서도 강직하게 우리를 키우셨다. 이를테면 일기 쓰기를 게을리 하는 동생에게 죽어서 남길 이름을 거론하였다. 성미가 대쪽 같았다는 외할아버지의 말씀을 빌어, '호랑이는 죽어서 가죽을 남기고 사람은 죽어 이름을 남긴다'는 격언을 자주 사용하였다.

그렇던 어머니의 말씀이 차츰 줄어들기 시작했다. 집안형편으로 내 상급학교 진학이 어렵게 되자, 어머니는 야심한 밤에 책장 넘기는 소리조차 못마땅해 하셨다. 거기에 덧붙여진 말씀은 '오르지 못할 나무는 쳐다보지도 말라는 것이었다.

　그런데 어머니는 지금 내가 쓴 책을 이고 걸으신다. 주변 사람들의 시선이 모이면 모일수록 어머니의 가슴에는 흥이 더 일고, 걸음걸이에 힘이 실리는 것 같았다. 산밭에서 고구마를 캐 나르며 8남 3녀를 길러낸 어머니의 저력이 서울 복판에서 되살아나는 순간이었다. 아버지가 장안의 병원에 계신 덕으로, 내 어설픈 글들은 어머니의 머리위에서 덩실덩실 춤을 추었다.

　어머니는 아마도 이 길을 걸으면서, 지나간 세월에 대한 회한을 무언의 노래로 풀어내는 게 아니었을까. 살아오는 동안의 말할 수 없었던 사연들을 입김에 담아내며 걸음을 내딛는 어머니. 나는 그 뒤를 따라 걸으면서 숙제를 마친 아이처럼, 유년으로 돌아가는 것이었다.

방아깨비 한 마리

비 내리는 날 산보 길에 뜯어온 씀바귀 한 줌, 설레설레 씻어서 식탁에 올렸다. 혼자 먹는 점심이라 쌈을 싸는 것도 그리 신나는 일은 아니었지만, 쓴 음식이 식욕을 되찾아준다기에 똘똘 뭉친 쌈을 입에 넣었다.

그런데 이게 웬일, 씀바귀를 담은 채반 가에 조그마한 녹색 물체가 움직이지 뭔가. 들여다보니 방아깨비였다. 몸통이 2센티미터쯤 되려나 싶은 것이 더듬이를 움직이며 내 동태를 살핀다. 나는 고것의 눈길이 무서워 입에 든 쌈을 우적거리기가 참으로 민망했다. 벌써 서너 쌈이나 먹었으니 방아깨비 몇 마리를 삼켰는지 모를 일이다. 봄철 같지 않아 쇤 씀바귀를 순만 똑똑 끊었는데, 새끼방아깨비를 들에서 훔쳐온 격이 되어 아차 싶다.

그러면서도 우연스런 횡재로 가슴이 달뜬다. 어느새 열 살 남짓한 계집아이가 되어 굴뚝모퉁이에 서본다. 사내아이들처럼 들로 산으로 맘 놓고 돌아다니지도 못한 유년기, 등에는 항상 아기가 업혀져있었다. 어쩌다 아기 샛젖* 먹이러 외진 밭에 갈 때면, 무덤가의

* 어른들의 중참

송장메뚜기들이 포록포록 날았다. 그것들 틈에서 듬직한 방아깨비를 만나면 반가운 마음에 헛손질을 해댔다.

이러한 욕구를 아버지가 채워주셨는데, 들일을 마친 아버지 손에 방아깨비가 들려있으면 그것은 단연 내 몫이었다.

"야야, 요놈 방아 찧는 것 좀 봐라. 쿵덕쿵덕 잘도 찧네. 우리 딸도 이렇게 찧을 수 있으려나?"

그것을 받아든 나는 까칠까칠한 두 다리를 모아잡고 방아깨비 하는 양을 고개로 따라했다. 끄떡끄떡 앞치마 두른 새색시가 되어보고, 끄떡끄떡 아기에게 젖을 물리는 엄마도 되어보았다. 그리고 학교도서관에서 빌려 읽은 동화속의 주인공이 되어 상상의 세계를 맘껏 활보했다. 그 곁엔 평화의 화신化神 같은 아버지가 노을에 물들어 물끄러미 서 계셨다.

세월이 흘러 내 아이들이 청년 티가 나는데도 나는 그 옛날의 정서에 머물러 있나보다. 아직 방아 찧을 줄도 모르는 저 어리디 어린 것 앞에서 시방 허둥대는 것을 보면. 폴짝거리는 고것의 몸짓 따라 푸른 날의 아버지가 겅중겅중 걸어온다.

어서 요놈을 놓아주러 나가야겠다. 초원에서 마음껏 뛰놀다가, 들판의 노래 그러모아 제 본분의 방아 신명나게 찧어볼 수 있도록. 쿵떡쿵떡…. 그 소리 이미 풍요롭게 내 가슴에 수 놓인다.

공주 양지마을의 물 먹는 사슴나무

맹신도盲信徒 되어보기

미국 바퀴벌레가 우주여행을 떠난다고 한다. 생명력과 번식력이 강한 바퀴벌레가 우주여행에서도 살 수 있는지를 실험하기 위한 것이라 하는데, 이는 미국의 어느 고등학교 학생들에게서 나온 안이라 한다. 주최측은 우주선 발사를 앞두고 우주선 안에 바퀴의 성충과 알, 그리고 그 먹이까지를 곁들일 예정이라 하고 있다.

이처럼 과학문명이니 최첨단시대니 하는 이 시기에도, 사이비종교에 얽혀든 신도들의 집단자살 사건이 심심찮게 일어나고 있다.

“어려운 시기일수록 점쟁이 집에 사람 끓는다”는 말이 있지만, 그것은 답답한 마음에 위안을 삼고자 해서일 것이다. 어느 특정 종교에 귀의하는 것 역시, 개인의 심적 안정을 위해서는 필요하다고 생각한다. 하지만 그 정도가 지나쳤을 때 우리는, ‘신자信者’라는 말 앞에 ‘맹盲’자를 붙이게 된다. 얼마 전만 해도 사이비종교에 휘말린 일곱 명의 신도가, 강원도 남대천 둑에서 불에 타 숨진 사건이 있었다.

그러한 것들을 다 열거하지 않더라도 사람의 판단능력까지를 잃어버리는 이 맹신도. 나도 종교가 있긴 하지만, 모든 걸 다 신의 뜻이라고 말 할만큼 맹신도는 못 되고 있다. 나이 드신 어른들이야 설령 그 기미가 보인다 해도, 그저 살아가는 낙이려니 하고 웃어넘길 수도 있는 일이다. 하지만 이렇게 말하는 나도 일시적이긴 하나 그 흉내를 냈던 적이 있다.

친정 집 옆에는 심은 지 3백년이 넘는 정자나무가 있는데, 그 나무는 앞집 할머니의 ‘수양아버지’이기도 하다. 나무를 두고 사람 대하듯 하니 우스운 일이나, 어머니는 그 나무와 앞집 할머니와의 관계를 잘 알고 있다.

우리가 그곳으로 이사한 지 얼마 안 되어서의 일이다. 하루는 과일농사를 짓는 한 농가의 노인이 나무를 찾아와 언성을 높였다. 과일을 쪼아대는 까치의 성화에 쓸만한 수확이 어렵다고 말이다. 그리고는 이내 나무에 올라 까치둥지가 있는 가지를 베어 내렸다. 이 장면을 목격한 앞집 할머니가 달려오며 하는 말이 “안 돼유, 이 나무는 우리 시아부지란 말유” 했다는 것이다. 그 후 나무에 올랐던 노인이 시름시름 앓아눕자 그 할머니의 말이, 묵은 나무를 대접하지 않아 그리됐다고 했다 한다. 그 이야기를 어머니는 웃으면서 내게 하였다.

그런데 동생이 변을 당하기 전 날 밤, 친정 집 담 쪽으로 뻗었던 그 나무의 굵은 가지가 찢겨져 내렸다. 축 늘어져 길을 막고 있는 것을 사람들은 피해서 다닐 뿐, 표피나마 붙어있는 그것에 아무도 손을 대지 않았다. 그러나 몇 시간 후에 들려오는 비보悲報를 우리들은 피할 수가 없었다. 객지에 나가 있던 동생이, 8년 만에 만난 군대동기생의 차를 탔다가 그만 돌아오지 못할 길을 간 것이다. 인생을 꽃피워볼 겨를도 없이 스러져간 서른두 살의 젊음. 그때는 이미 그 나뭇가지도 푸른 잎새가 무성한 채로 땅바닥에 나동그라져 있었다.

우연히 그리된 것이겠지만, 나는 그 얘기를 내세워 부모님을 위로했다. 바람이 불지도 않았는데 큰 나무가 그런 조짐을 보인 것을 보면 동생의 정해진 명이 다한 것이라 하였다. 나무도 알아본 일을 사람이 어찌 막을 수 있었겠냐고 하였다. 그러다가 나뭇가지를 베어내었던 노인의 이야기를 들먹이며, 어머니 마음에서 애써 자식 하나를 떼어내려 하였다. 나는 마치 민속신앙에 젖어든 맹신도처럼 행동하였다. 그것만이 절망의 늪에 빠진 어머니를 조금이나마 건져 올리는 방편이었다.

그 후, '고수레' 한번 할 줄 모르던 어머니는 정자나무 주위를 안마당 쓸 듯 하신다. 이제 그 나무의 상처는 아물어 있는데, 어머니는 그 나무를 바라보며 마음 한자리를 기대고 계신 것 같다. 바퀴벌레가 우주여행을 하는 세상인데….

논 닷 마지기

어렸을 때에, 우리 가족은 논에 대한 동경이 남달랐다. 이른 봄부터 물 담아 갈고 써릴 논이 없었던 까닭이다. 그래서인 지 모내기철의 물비린내라든가, 늦가을에 기대어 놀던 벼 낟가리 냄새마저 나는 좋아했다. 어쩌다 어우리소작논농사를 짓는 해에는 형제들 마음이 논에 머물며, 벼 포기와 함께 키 자라기를 하였다. 비록 얼마 안 되는 수확이었지만 밭에서 거둬들이는 밀, 보리와는 느낌이 달랐다.

하지만 이렇게 마련된 벼는 일부를 논 주인에게 줘야하므로 온전한 우리 몫이 못 되었다. 그리고 나머지는 당겨 쓴 빚 갚기에 급급하여 1년 농사는 금세 바닥을 드러냈다. 철부지 동생들은 아버지 등에 실려 나가는 볏가마를 바라보며 울상이 되기도 하였다.

이러한 일들은 비단 우리 가족만의 일이 아니었다. 요즘 텔레비전에서 사람 찾는 프로를 보면, 가난에 의해 뿔뿔이 흩어졌던 사람들의 재회장면이 영화처럼 펼쳐진다. 그들 중에는 너무 어렸을 때 가족과 헤어져 부모에 대한 기억조차 없는 사람들도 있다. 이들의 상봉 모습을 보자면 꼭 남의 일 같지가 않다.

강원도 출신의 여성이었던 걸로 기억된다. 그녀가 기억하고 있는 것은 어렸을 때 먹고 자란 '푸른 밥'뿐이었다. 당시 샘물을 길어다 밥을 지으면 밥에 푸른색이 돌았다고 한다. 지금 와서 생각하니 그 물에는 철분이 함유되었던 것 같다며 울먹였다. 그런데 그 말이 채 끝나기도 전에 방송국으로 전화가 걸려왔다. 긴장된 순간, 자식임이 확인되자 여식을 찾아 가슴에 한을 묻고 살아온 여인의 절규가 이어졌다. 유년 시절에 푸른 밥을 먹고 자란 그 여성은, 짧고 명확한 기억 하나로 꿈에서나 대하던 어머니를 만나게 된 것이다.

하마터면 나도 저들처럼 저 자리에 나가, 동생을 찾아달라고 호소할 뻔했었다. 말문이 터지면서부터 유독 제 생일을 물어오던 동생이다. 달이나 날짜를 짚어 가르쳐주면 금세 잊어버리고, 이내 생일이 언제냐고 되묻곤 하였다. 이러한 동생에게 어머니는 '보리가 익어갈 때'라고 일러주셨다. 그 말을 언제부턴가는 내가 동생에게 이르고 있었다.

20여 년 전, 잡다한 종교가 모인 곳에 고향을 둔 우리들은 그곳에서 나온 기도 떡을 먹고 자랄 정도로 가난했다. 종교가 다른 부모님이 신기神氣를 띤 여인으로부터 음식을 받아오기란 쉬운 일이 아니었다. 그렇지만 아버지는, 큰 기도가 있다는 기별을 받을 때마다 지게에 함지박을 얹고 그곳을 향했다. 해질녘에 출발하여 새벽에 돌아오신 아버지는 우리들의 아침에 떡을 내놓곤 하였다.

그런데 다섯째 남동생을 보기 전의 일이다. 어머니의 배가 만삭이었는데, 부모님 사이에 큰소리가 오고 갔다. 산 속 여인이 중간에 들어, 뱃속 아이를 양자주기로 약속했던 까닭이다. 우리의 사정을 아는 집에서 논 닷 마지기를 조건으로, 어머니에게 흥정을 걸어왔

다는 것이다. 낳는 아기가 아들일 경우 양자로 달라는 제안이었다. 자식이라면 껌벅하시는 어머니도 잠시 물질에 솔깃하였던 모양이다. 부잣집에 보내지면 당사자도 잘 풀릴 것이고, 닷 마지기 논에서 농사를 지어내면 남은 자식들 걱정도 줄어들 일이었다고. 그러나 쌀 한 톨이 없다해도 핏줄은 끌어안아야 한다는 아버지의 반대로 그 일은 무산되었다.

그 동생이 자라는 동안 어머니는 수시로 가슴을 쓸어내렸다. 남과 같지 않게 발이 작아도 남을 주겠다고 한 탓인가 했고, 중학생이 될 때까지 키가 마디게 자라도 어머니가 마음을 잘못 닦아 그런가 하였다. 그 동생의 이름 뒤에는 자연스레 논 닷 마지기란 애칭이 따라다녔다.

차츰 미루나무처럼 자라 학업을 위해 도회지로 떠나는 동생을 바라보며, 식구들의 논에 대한 꿈은 잦아들었다. 그렇지만 그 후 아버지께서 마련한 논은 우연스럽게도 무논이 두 마지기, 천수답이 세 마지기로 모두 닷 마지기였다.

지난 봄 동생의 생일이었다. 서로가 바빠서 한 자리에 앉아 밥 한 끼 먹기 어려웠지만, 나는 미역국을 끓이다말고 동생에게 전화를 걸었다. 동생의 밝은 목소리가 낭랑하게 들려왔다.

"누나, 지금쯤 논배미의 논보리는 누렇게 익어가고 있겠죠? 하하하."

장갑 한 짝

집 떠나서 학교 다니는 아이의 겨울옷을 정리하다보니 두툼한 장갑 한 짝이 나온다. 손가락 다섯 개가 뚜렷한 베이지색이다. 남은 한 짝을 찾아 곳곳을 뒤졌으나 보이지 않는다. 덤벙대다 어디에서 잃어버렸나보다. 외짝을 무엇에 쓰랴싶어 버리려는데 불현듯 주춤거려진다. 다 큰 애가 남은 한 짝을 보관할 때는 뭔가 이유가 있을 성싶어, 목도리뭉치 옆에 얌전히 넣어둔다.

어린 날 우리 형제들은 벙어리장갑을 끼고 놀았다. 못 입게 된 옷을 잘라 만든 것인데, 앞자락이나 팔꿈치가 해져 등판만이 성한 나일론 옷을 요즘말로 재활용한 것이다. 바느질에 일가견이 있는 어머니도, 자식들의 손을 위해 장갑을 만들지는 않았다. 당신조차 얼음을 깨고 맨손으로 빨래를 하던 시절이니 그럴 만도 한 일이다. 그러던 중 언니와 내가 장갑 만드는 법을 배웠다.

동네엔 전라도에서 시집온 젊은 댁들이 여럿 있었는데, 그들은 대체로 살림솜씨가 야무졌다. 그중에서도 '상임엄마'라 불리던 이와 우리는 가깝게 지냈다. 나는 다섯 살 위의 언니를 따라 그 집에 가끔 놀러가기도 했다. 그녀는 잠시도 쉴 짬 없이, 바깥일을 마친 후에도 손을 움직이고 있었다.

하루는 언니더러 어린 동생들의 못 입는 옷을 가져오라 하여 가위를 들었다. 그러고는 힘들일 것도 없이 헌옷 위에 손을 본 삼아 빙그르르 도려냈다. 그것을 언니와 내게 박음질하라 하였다. 순간, 내 작은 눈이 번쩍하였다. 그때부터 언니랑 나는 장갑 만드는 선수가 되었다.

그 후, 이 손으로 숱한 옷을 지었다. 한때는 직업이었지만 지금은 취미로 가끔씩 옷감을 갖고 논다. 밋밋한 옷감이 별의별 디자인으로 형상화되어 펼쳐질 때 적잖은 기쁨을 맛보곤 한다. 멋에 중점을 두거나 보온작용을 위한 모자도 그럴듯하게 만들어보았다. 한데 이제껏 그 쉬운 벙어리장갑은, 신식 재봉틀을 통하여 만들어보질 못했다. '벙어리장갑'이란 단어를 거의 잊고 살았다는 게 더 분명한 말이 된다. 요즘 흔히 주방용으로 쓰는 커다란 장갑에도 별 관심이 없던 터였다.

그런 중에 예기치 않은 곳에서 사태가 발생했다. 연 전, 한 땅굴박물관에서 융으로 성글게 만든 장갑 한 짝을 본 것이다. '제2땅굴'의 내부를 돌아보고 나와서 채굴 당시의 물건들을 진열해놓은 곳으로 막 발길을 옮겼을 때였다. 유리관 귀퉁이에 오롯한 장갑…. 북한의 병사가 꼈던 것이라 했다. 피의 상흔이 역력하다. 장갑이라 하기에는 터무니없이 헐렁하다. 허연 천을 대충 얽어 둘둘 감고 일을 했겠구나 싶다. 손가락이 닿았던 자리가 닳아져 숭숭한 게 애처롭기 그지없다. 솔기마저 알아볼 수 없이 올이 풀려있다. 열심히 이편을 향해 땅을 팠다는 증거다.

누구의 것일까. 누구의 물집 부르튼 상처를 감쌌던 자취일까. 땅

굴에서 발견된 장갑도 아마 혈육이
끼워준 것이었을 게다. 남으로 기
필코 뚫어야 한다는 명을 받아 집
을 나서는 자식에게 어머니가 끼워
준 온기일 가능성이 높다. 자식의
무사안위를 비는 마음으로 배냇저
고리를 쑥덕쑥덕 잘라 홈질이라도
하였던 것일까. 어쩌면 그 장갑의
주인공은 아기를 둔 젊은 아빠였는
지도 모른다. 새댁이 남편을 위해
아기의 온기를 손에 쥐어준 것일
수도 있다.

  어쨌거나 그 장갑 한 짝은 말로 다 설명할 수 없는 가족들의 온기
로 이해된다. 지하를 파고들어야 했던 극심한 노동. 사지死地가 될
지도 모를 공간에서 싸늘하게 휘감겨오던 냉기를 그나마 물리칠 수
있는 보료가 그것 아니었겠는가.

  저편에서 뚫고 들어왔다는 땅굴을 돌아본 후로, 너덜너덜해진 장
갑솔기가 자꾸만 눈에 밟힌다. 본래는 한줄기였던 혈육과 갈라질
수밖에 없는 이념에 대해 생각이 깊어진다.

어버이 마음의 값

파주 용미리에 있는 고려시대의 석불입상을 둘러본 일이 있다. 거대한 천연 암벽에 2구의 불상이 새겨져있는 게 특징이었다. 갓을 쓰고 있는 불상의 자연적인 미소 앞에 서니 마음이 절로 평온해졌다. 그보다도 암벽 아래에 모여들어 염주를 굴리는 여인들의 모습이 입체적이었다. 쌀쌀한 날씨 속에서 기도하는 사람들. 나도 몇 년 후엔 이 자리에서 가부좌를 틀고 앉아, 아들아이의 대학합격을 기원할 수 있겠다는 생각이 들었다. 그러다 보니 불현듯, 친정어머니 모습이 떠오른다.

사람이 살아가면서 어버이 마음을 값으로 가늠하여 이야기한다면, 그것은 비난을 면치 못할 일이다. 그러나 나는 좀 모자란 사람처럼 그분들 마음의 값을 말하고 다닌 적이 있다.

나이 들어 공부를 하다 보니 지푸라기라도 잡고 싶은 심정일 때가 많았는데, 시험날짜가 코앞에 오면 초조하기가 이를 데 없었다. 그럴 때마다 적극적으로 나를 응원해 주시던 분이 아버지였다. 내 공부에 아버지가 기도를 보태어 줄 테니 열심히 해보라고 하셨다.

이러한 아버지의 음성을 새겨들은 나는 어린아이처럼 긴장을 풀곤 하였다. 비록 결과가 안 좋을망정 아버지는 목화솜 같은 포근함으로 불안을 덜어주셨다. 사춘기시절의 내 일기장에는 아버지에 대한 원망이 가득하였다. 가난을 탓하며 그것을 아버지의 무능 탓으로 돌렸다. 하지만 내가 철들고 나서의 아버지 모습은, 자식 위해 기도하는 것으로나마 그 시절의 한恨을 덜어내는 듯 싶었다.

그러나 그런 아버지와는 달리, 어머니는 지극히 현실적이었다. 그러면서 덧붙이기를, 옆집 아이는 대학 시험 칠 때 떡을 해놓고 빌어도 안 붙더라 하였다. 행여 주부의 신분으로 가정에 소홀할까 싶어, 어머니는 툭하면 내 나이를 거론하며 기를 꺾어보려 하였다.

하지만 오랫동안 가슴에 묻어온 배움에의 열정은 쉽게 잦아들지가 않았다. 어머니의 걱정을 듣는 것은 일찍부터 있었던 일로, 공부를 중단한 뒤 저녁에 책장 넘기는 소리를 어머니는 늘 못마땅해 하셨다. 닳아질 석유걱정이 앞섰기 때문이었다.

그렇게 거듭해오던 봄날이었다. 여느 때보다 느낌이 좋았다. 드디어 가슴속의 응어리가 풀려나가던 날, 전화를 통한 아버지의 음성은 예외 없이 떨리고 있었다.

"이봐, 여~ 애가 됐댜."

그날따라 어머니 목소리도 초등학생이 국어책을 읽듯이 또랑또랑하였다.

"내가 강원도 명산에 갔었는데, 난생 처음으로 불상 앞에 엎드려 보았다. 남들은 2만원을 놓고도 절을 하더구먼, 나는 2천원을 놓고 소원 들어달라고 빌었다. 그리고 와서 또 맘이 편치 않은 게, 기도 값이 적어서 네가 안 되면 어쩌나 하고 후회가 되더구나."

　그 후, 나는 한동안 부모님의 기도 이야기만 나오면 푼수가 되곤 하였다. 하지만 어떤 공식으로도 환산할 수 없는 어버이의 마음 값을 나는 아직 계산하지 못하고 있다.

人生의 명함

향 마을에는 발동기로 전기를 일으켜 베틀을 돌리던 직조공장이 있었다. 주로 아기들의 기저귀감을 짰는데, 사람들은 그 집을 '소창공장 집'이라 불렀다. 그 무렵엔 전기가 닿지 않는 곳이어서, 해질녘에 울려 퍼지던 발동기 소리는 동네 아이들을 부르는 소리이기도 했다. 호기심 많은 아이들에게는 전깃불이 켜진 그 곳이 신천지新天地와도 같았다. 발전기에서 일으킨 전기가 공장 안을 밝히고 베틀도 돌렸다. 그래서 그 곳에는 밤늦도록 마실꾼들이 이어졌다. 그 시절 힘겹게 피댓줄을 돌려대던 발동기가, 어려운 사회를 이끌어가는 요즈음 현실과 흡사하였다.

이즈음은 어두운 사회 분위기로 보아, 신선한 이야깃거리라도 있었으면 하고 마음이 기울어지는 때이다. 그래서 그런지 오랜만에 만나는 사람들 간에도 힘에 부치는 이야기들을 서슴없이 털어놓는다. 그전에는 공석에서 돈 이야기를 꺼내는 사람을 보면 다소 가벼운 감이 들기도 했는데, 요즘에는 그런 것을 문제 삼는 사람도 드문 것 같다. 제2의 명함과도 같은 직장의 옷을 벗은 사람들이나, 또는 벗어야 할 것 같다는 사람들도 많다.

얼마 전, 달리는 차에 뛰어든 어느 가장의 이야기가 보도된 일이 있다. 사업부진과 생활고를 비관한 40대 가장이, 잠자는 가족들을 깨워 차에 태우고 고속도로를 질주한 사건이다. 먼저 가드레일을 들이받았으나 실패하자, 다시 가족들을 살해하고 자신도 죽음을 택한 내용이었다. 참으로 암담한 사회의 단면이었다.

그런데 가슴 아픈 소식이 내게 또 들려왔다. 소창공장 집 아들이 숨졌다는 전갈이다. 그가 외지에 나와, 다니던 직장에서 밀려난 지 한 달 만에 시신이 되어 가족들 앞에 나타났다 한다. 그러나 그의 죽음이 자살인 만큼, 친분이 있는 사람들조차 그의 부모 앞에 조문 다녀오기를 망설였다.

젊은 나이에 생을 포기하는 사람들. 그것만이 최선의 방법이었을까 묻고 싶어진다. 오죽하면 그 길을 택했겠는가 하는 이가 있겠지만, 어떠한 형태로든 길은 스스로가 가는 것이라고 생각한다. 다만 그 눈높이를 어느 자리에 맞출 것인가에 따라 인생의 길은 달라진다. 삶의 아픔을 딛고 일어선 사람에게만이, 인생의 명함이 만들어진다.

불현듯 '반편이' 이야기가 생각난다. 옛 어른들의 새끼 꼬는 소리와 함께 귀에 익은 이 얘기는, 아버지로부터 몇 번을 들어도 질리지 않는다.

어느 고을에 '반편이'가 있었다. 그는 눈 코 입 손 모두가 하나였다. 하루는 외쪽으로 살아가는 고충을 해결해보려고 반대편을 찾아 길을 나섰다. 하지만 그 짝을 만나기란 쉬운 일이 아니었다. 반쪽뿐인 몸을 이끌고 거리를 헤매면 헤맬수록, 뜻한 바를 이루기가 어려웠다. 그러던 어느 날, 장님과 귀가 없는 사람과 두 손이 없는 사람이 그 앞을 지나가는 것이 보였다. 그들은 서로에게 눈이 되어주고, 귀가 되어주고 손이 되어주었다. 그것을 본 '반편이'는 되돌아오며 생각했다. '그래도 나는 반 편씩은 갖추고 있으니 세상을 볼 수 있고, 아름다운 소리를 들을 수도 있으며, 손으로 무엇이든 잡을 수도 있으니 행복하다'고.

　전해오는 옛 얘기지만, 요즘 와서 이 이야기의 이치가 더욱 절실해진다. 신체적인 장애가 없으면서도 낙심하기 쉬운 우리에게, 인생의 명함을 만들게 하는 금언金言과 같은 의미를 던진다.

훈장勳章 받을 사람

세상이 좋아지다 보니, 후방에서 군 복무중인 일곱째 동생이 면회 좀 와 달라고 전화를 걸어왔다. 그러려면 가족 중 한 사람이 동생의 부대를 방문해야 하고, 동생은 그 대가로 몇 시간의 외출을 허락 받을 수 있다는 내용이었다.

통보를 받은 나는 단숨에 달려가 단 얼마간의 자유라도 주고 싶었다. 안 된 마음에 길을 나서는데, 남편이 나를 향해 '훈장 받을 사람'이라고 핀잔을 준다. 그리고 제 형들도 하나같이 "저만 군대 갔나?" 한다.

그도 그럴 것이, 우리 집안은 맏이인 오빠를 비롯해서 여덟 명의 남자형제가 모두 현역으로 군복무를 마쳤다. 그래서인지 막내그룹의 동생들이 입대날짜를 받아놓아도 그저 덤덤하게 행동한다. 마치 뒷동네에 마실 보내듯 "잘 갔다 와라" 하는 정도가 인사말이다.

만약 대통령께서 이 사실을 알게 된다면, 우리 아버지께 보국훈장은 못되어도 공로표창장 정도는 내려야 마땅할 것이다. 먹을 것도 귀한 시절에 아들들을 쑥쑥 키워 나라에 공헌했으니, 이보다 더한 충성이 있을까 싶다. 혹시라도 '훈장자진요청기간'이 주어진다면, 나는 내 아버지의 인적사항부터 적어내고 싶다.

하지만 호기로우신 아버지라면 모르되, 산아제한産兒制限 못한 것을 부끄러워하는 어머니는 숨을 자리부터 찾으실 게다. 다른 식구들조차 떠벌리는 것을 좋아하지 않아, 부모님께서 아들 여덟을 신체조건 1등감으로 낳아 '현역제대' 시킨 일이 이대로 묻혀 지나간다.

오빠가 군에 있던 70년대 초반에는 경제적 어려움은 이루 말할 것도 없고, 모였다하면 전쟁이야기가 빈번했다. 술좌석에서 자칫 말실수를 해도 간첩으로 오해받아 붙잡혀가던 시절이었다. 최전방에서 군 생활을 했다는 오빠는, 3년간의 이야깃거리가 많기도 하다. 이따금씩 날아드는 군사우편에서 부모님은 안도의 숨을 쉬었고, 오빠가 휴가를 나오는 날이면 휴전선 이야기로 밤이 이우는 줄을 몰랐다. 어머니께서 삶아 내놓은 약병아리 한 마리를 게 눈 감추듯 하는 오빠를 우리들은 망연히 바라보곤 했는데, 어린 동생들 중 누군가는 저도 어서 군대 가고 싶다는 말을 하기도 했다.

나보다 두 살 아래 동생은 대학을 다니며 학군단ROTC생도가 되었다. 제복을 입고 베레모를 쓴 모습은 보기만 해도 듬직했다. 몇 차례의 신원조회를 거쳐 장교 후보가 된 아들을 아버지는 매우 대견스러워하셨다. 동생들 거의가 두 살 터울이다 보니 그 아래 셋째가 대학을 마치고 입대를 하자 집안엔 군인이 둘이었다.

그것도 잠시이고, 아래 동생들이 연거푸 입대를 하여 한꺼번에 네 명일 때도 있었다. 그 무렵엔 나도 결혼한 뒤라서 친정을 도울 수가 없었는데, 번갈아 휴가 오는 동생들을 제대로 반기지 못한 적이 여러 번이었다. 어느 때는 왜 그리 자주 오느냐고 물으니, 그 동

고향집 헛간

생 말이 "저는 반년 만인데요!" 했다. 이처럼 푸른 제복의 사나이들이 툭하면 드나드니, 이웃에서 우리 집을 일컬어 가히 '무사들의 집'이라 할만도 했다.

한 나라의 역사를 보더라도 과도기過渡期가 있다. 새로운 길로 들어서는 길목에서 훈장 받을 사람이 생겨나기도 하고, 그 반대현상이 벌어지기도 한다. 더러는 숨은 공로자가 뒤늦게 밝혀져 화제에 오르기도 한다. 그리고 보면 아들 넷을 군대에 보낸 그때가 친정일가의 과도기였을까. 작게 보아, 아버지의 역사를 만들어 가는 길목에서 부흥기로 접어드는 시기 말이다. 그래서 더 어려웠고, 허리띠를 졸라매야만 버티어낼 수 있었던 불안정한 시기…. 이는 한 개인의 가정사에만 국한되는 것이 아니다. 집집마다의 그런 작은 이야기들이 모여 굵직하면서도 큰 이야기를 낳는다.

그러나 이젠 아버지의 시대가 막을 내렸다. 내가 비록 군대는 못 갔으나 아버지와 관계된 글을 써 보이려 했는데, 그 다짐을 이행하지 못한 채로 얼마 전에 보내드렸다. 기인처럼 살다 가신 아버지는 아들 여덟에게 군복 입힌 일을 가장 흐뭇해하였다.

그런데 요즘사회는 군대기피증 현상이 자주 일어나고 있다. 권력의 최고자리를 다투는 사람들조차 병역문제에 연루되어 시시비비를 가려내기도 한다. 그러한 사람들은, 우리 형제들 앞에서 차마 애국이야기를 꺼내지 못할 것이다. 더구나 아들 하나도 아니고 여덟씩이나 군대에 보냈던 아버지 앞에서라면 입이 열 개라고 해도 함구할 수밖에 없다.

곳곳에서 그런 웃지 못할 촌극이 벌어질 때면, 나는 보관하고 있는 '군사우편' 편지함에 절로 마음이 간다. 그곳엔 뜨거운 혈기를 삭히며 써 내려간 푸른 기운들이 펄떡이기 때문이다. 여덟 아들을 자랑삼던 아버지의 숨결도 고스란히 배어 흐른다. 그건 거역할 수 없는, 즉 분단된 국토를 딛고 살아가는 우리들의 부인할 수 없는 흔적이다. 이 숙명과도 같은 산 역사 앞에서 나는 훈장 받을 사람들에 대해 생각이 깊어진다.

든 자리 난 자리

'하느'라 이름 붙인 선인장과의 화분에 새순이 돋았다. 1년 전에도 곁순을 떼어 옮긴 적이 있는데, 가만 보니 이것은 한 해에 한차례씩 새끼를 치는 모양이다. 몇 달 전, 이것을 갖고 싶어 하는 이가 있어 주어 보냈는데 그것도 정인지 난 자리가 표가 난다. 그러면서 그 후로 자못 아쉽기도 하였다. 이러한 내 마음을 알아차리기라도 한 듯 다시 흙을 비집고 나오는 새순이 반갑기 그지없었다. 식구들은 수시로 그걸 들여다보는 게 낙이어서, 즉 이것도 사람이 들고나는 것과 같은 것이어서 나는 아예 베란다 복판에 앉을 자리를 마련해 두었다. 그리고 며칠이 지나자, 새순 하나가 또 올라왔다.

나는 이 하늬에 반하기 전까지만 해도 화초를 자식 다루듯 하는 사람들을 이해하지 못하였다. 그런데 어느 사이 화초에 매료되어가고 있는 나를 본다. 곁순 하나를 내어주고 여린 순 둘을 얻고 나니, 갑자기 새 식구가 불어난 듯한 느낌이다. 그것들을 제각각 작은 분에 옮겨서 모체 옆에 두고 보니, 마치 내 아이들 형제가 나란히 서 있는 것 같기도 하다. 한낱 식물인 화초가 들고나는 자리도 이러한데 사람이 들고나는 것이야 말해 무엇허리. 돌고 도는 수레바퀴

처럼 떠난 것에 집착하지 않고 새로운 것을 받아들이는 자연스런 현상. 한 예로, 앞세운 자식의 빈자리에 연연할 새 없이 새로 태어난 손자 손녀들의 재롱을 받아들이는 어버이의 심정이 그렇지 않을까 싶었다. 그러다가 불현듯 빈자리를 느낄 때면, 아무도 모르게 하늘을 바라볼 뿐 허전한 표정을 드러내지 않는 게지.

'한 가지에 나고 가는 곳 모르온 저…' 하는 「제망매가祭亡妹歌」의 구절이 한 동안 내 가슴을 훑어 내린 적이 있었다. 몇 해 전 동생 하나가 홀연히 세상을 떠나자, 우리 가족에게 있어 그 자리는 헤아릴 수 없이 허전한 자리가 되었다. 그때 그 자리에 슬며시 들어와 집안에 생기를 불어넣은 사람이 바로 나의 다섯째 올케이다. 빈자리 허전해하던 우리 가족에게 새사람의 출현은 환한 빛이 되어 집안을 가득 채워주었다.

그렇지만 가슴속에 사무치는 혈육에 대한 그리움은 어쩌지 못하는가보다. 앙상한 감나무를 보면, 내 마음은 어느새 고향집 울안에 있던 감나무를 향한다. 우리 형제가 한창 개구쟁이로 자랄 무렵, 그 감나무 아래서 동생 둘이 벌을 받은 일이 있기 때문이다. 당시 중학생이던 두 남동생은 싸움이 잦아서 걸핏하면 어머니에게 벌을 받곤 했는데, 한 번은 둘이 마주보며 그 감나무둥치를 아름 안고 한나절을 서 있었다. 회초리를 들기에는 이미 커버린 아들들에게 어머니식의 벌칙이었다. 이러한 이야기는 우리 형제들이 장성한 후에도 곧잘 화젯거리가 되곤 했었다. 그러나 그 감나무와 관련된 동생 하나가 자리를 비우고부터는 그 누구도 그때의 일을 다시 들추지 않는다. 난 자리에 불어 닥치는 쓸쓸한 바람만을 자연의 동화현상인 양 가슴에 새길 뿐이다. 새끼를 떼어낸 후 몸살을 하는 화초의 구근球根처럼, 어머니는 마음의 상처를 그렇게 드러냈다.

개인이 살아가면서 겪게 되는 혈육 간의 정은 그렇다 치고, 한 겨레에 있어서도 들고나는 자리를 느끼는 건 마찬가지다. 인도는 비폭력 저항을 한 간디를 잃었을 때 온 국민이 애도哀悼하였고, 우리는 안중근 의사가 나라를 위해 목숨을 바쳤을 때 뼈저린 아픔을 겪은 민족이다. 난 자리에 대하여 드러내지 못하기로는 나라의 명장인 이순신 장군의 최후 또한 그랬다. 그렇지만 그러한 선인들의 빈자리는 우리 후손들의 가슴에 횃불처럼 남아서 두고두고 되새겨보는 자리가 되었다.

이렇듯 사람의 난 자리는, 평소 개인의 인품과 비례된다. 그래서 사람이라면 적어도 어느 자리에든 있으나마나한 사람이 되어서는 안 될 일이라는 말까지 생겨난 것 같다.

까치소리

까치소리처럼 듣고 들어도 정겨운 소리가 있을까. 앞뜰 목련 나무가지 끝에서 짖어내는 까악 깍 소리가 가슴과 가슴에 얹혀있던 무게들을 잘게 저미어 덜어낸다. 일순, 오지 못할 사람조차 기다려진다.

친정아버지의 긴긴 병환 탓이었을까. 지난 가을 나는 불안의 도가니에 빠져 지냈다. 불붙는 듯 다가서는 가을 산을 애써 외면하며 돌고 도는 생로병사의 이치와 어렵사리 타협해가고 있었다. 우주의 모든 생물체에게 있어 거역할 수 없는 길이 그 길이라는 것을 잘 알지만, 머잖아 닥칠지도 모를 큰 이별에 대하여 달팽이처럼 움츠러들고 있었다. 감당키 어려운 기우 속에서 의연해지려 했지만 농익어 출렁이는 가을날의 서정이 더욱 슬픔으로 다가와 나를 흔들어 댔다.

그날따라 새벽을 깨우는 전화벨소리는 누적됐던 불안의 요령소리로 목을 조여왔다. 걷잡을 수 없이 밀려드는 방정맞은 생각을 떨치며 수화기를 들었는데, 그건 감히 상상조차 할 수 없었던 둘째남동생의 부음이었다. 간밤의 교통사고로 영안실에 있단다. 불안이 불행을 몰고 오기라도 한 듯, 갑작스런 비보에 전신이 떨렸다. 한치 앞을 모르는 게 사람 일이라 했던가. 동생은 친구의 차를 탔다가 길이 갈렸다.

그 무렵 동맥경화로 고생하는 아버지는 병세가 더욱 악화되어갔고, 곁에서 간병을 해 오신 어머니는 옆구리에 대접만한 근육이 뭉쳐 치료 중이었다. 한쪽 다리를 제거한지 얼마 안 되어 남은 다리에 병이 도진 아버지를, 동생은 대전천변의 한 요양기관에 업어다놓았다. 혈血을 풀어 기氣를 튼다는 그곳에는 장사급의 동생친구가 비호飛虎로 통하는 스승을 모시고 있었다. 그리고 한 달 뒤, 동생은 불귀의 객이 되었다.

청천병력 같은 소식에 한 바탕 태풍이 일고 간 병실, 내가 부모님 곁에 남기로 했다. 남은 자식들 생각해 자중자애하시라는 완력에 눌려 부모님의 음성은 담담했다.

"어려운 살림에 너희들 열하나를 낳아 기르는 동안 참으로 재미있었다. 한번도 힘들다거나 지겹다는 생각을 해보지 않았다. 나무장사를 하면서도 너희가 있어 행복했다. 그런데 갸가 우리를 이렇게 서운하게 하는구나."

자식 앞세운 죄인이라며 가슴 치는 일만 없어도 나로서는 다행이라 여겼다. 왜 아니랴. 살림살이 미뤄두고 머무는 딸자식 얼굴 보아 꾹꾹 삼키시는 줄 다 안다. 서른 두 해 동안 쌓아온 탑 하나를 허무 속에 허물어내며, 눈가 내리덮는 희뿌연 안개를 걷어내고 계시는 두 분이었다. 다리 묶인 아버지야 꼼짝할 수 없는 처지이고, 깃털 뽑힌 할미새가 되어 대전시내 대학가를 배회하는 것이 어머니가 할 수 있는 기막힌 조문이었다. 입학 때 자취방 얻어 내보내면 졸업식 구경이나 다녀오셨다는 어머니는, 동생이 딛고 다녔음직한 골목골목을 걸어보고 육중한 몸을 실었음직한 버스에 올라보는 것으로 자식의 흔적을 더듬고 계셨다. 그러다가 억제할 수 없는 불덩이가 울컥하면 탄식의 소리가 토해졌다.

"보리밥이나 먹이지 말 걸. 일이나 심하게 시키지 말 걸…"

"……."

"당신! 황소 같은 아들 잡아먹은 영감쟁이소리 맡아놨으니 알아서 해유. 걔 등에 업혀 나왔지만 걸어서 들어가야 할 거 아녀. 그래야 죽은 자식 덜 억울하지!"

깊은 밤, 묵직한 발자국소리가 들리면 우리 셋은 습관처럼 청각을 곤추세웠다. 유별나게 뚜벅뚜벅 걷던 그 걸음소리가 미치도록 그리웠다. 심지어 잉잉대며 골목을 휘돌아나가는 바람결에 빈 가슴 쓸어내리기를 몇 번이었던가. 까치소리가 들릴 때마다 마음속으로 귀를 막는 두 분 곁에서, 나는 마치 희극배우처럼이나 수선을 피워댔다. 하나 그리움의 봇물이란 때를 보아 터지는 것은 아니었다.

"그 애가, 내 발가락 썩어드는 것을 호호 불며 긁어주던 그 애가, 날 살려보겠다고 여기에 업어다놓고 저는 그리 된 겨."

나뭇단 끊어내는 소리가 한밤중에 툭툭 나서 깨어보면, 아버지는 오그라드는 오른다리 오금을 펴려 안간힘을 다하고 계셨다. 가지 끝에 매달려 말라가는 오리나무 열매처럼, 늦가을 기운 쇠잔한 아버지의 발가락도 수액이 끊겨 하나 둘씩 까맣게 타들고 있는데…. 굳은 의지만큼이나 아버지는 점차 입이 붙어갔다. 수술로 인해 반만 남은 왼쪽 다리에 의족을 맸다 풀었다 하며, 있는 힘을 다해 오른

다리를 손수 주무르신다. 오르락내리락하던 혈압이 안정되고, 이제
막 미지근해진 다리가 희망이다.
　드디어 까치소리 자지러지는 이른 아침, 아버지는 일어서려다 주
저앉기를 반복한다. 겨우겨우 혈이 도는 오른다리에 무게를 몰아가
며 몸을 지탱하신다. 그러기를 몇 번, 얼굴 가득 푸른 힘줄이 불거
지는가 싶더니 가까스로 한 발짝 떼어 놓으신다. 힘줄을 주무르고
뻗어보는 반복 속에서, 일어서려다 엉덩방아 찧는 첫돌박이 아기처

럼 이제 다시 걸음마를 시작하신다. 방바닥 걸레질을 하던 나는 나도 모르게 그만 말을 토했다.

"아부지, 장하세요. ○○이가 봤으면 참 좋아할 걸."

"그~럼. 좋아하지!"

한 발짝 한 발짝 내 딛는 발등위로 갑자기 뜨거운 액체가 우박처럼 떨어진다. 참고 참았던 자식 향한 그리움이 까치소리에 녹아 분출되고 있었다. 아버지 귓가에 들려오는 저 소리는 우리들의 둥지에 고여 있는 동생의 너털웃음소리다. 우람한 어깨를 들썩이며 웃어젖히던 호탕한 소리가 저리도 청아한 리듬을 타고, 상처로 얼룩진 폐부를 어루만진다.

새로운 힘이 솟는다. 굽이굽이 험준한 인생의 비탈길을 돌아, 아슬아슬하게 일흔 고개를 넘는 아버지. 그 곁에서 나는 숨 죽여 마음의 연을 띄운다. 연 꼬리에 하늘까지 닿을 노래를 매단다. 사리어두었던 연줄을 서리서리 풀어내어, 이별의 도화선이었던 불안의 잔재를 훨훨 날려 보낸다. 절망을 딛고 일어서는 아버지 가슴에 푸른 물기어린 까치소리, 애잔하게 메아리친다.

창작메모 : 당시 이 글을 육필로 쓰는데 석 달 이상의 몸살이 따랐다. 10년도 훨씬 지난 지금 다시 옮겨 쓰며, 또 가슴을 앓는다. 혈육의 이별을 다룬다는 것은 한 없이 힘겁기만 해, 떼어낸 감정덩어리가 오히려 누나마음이고, 딸의 마음이었다는 것을 바람결에 실어 보낸다. 글을 쓰는 게 목적이 아니었고, 절망을 딛고 일어서는 아버지모습을 그려놓는 것이 그 애에게 내가 해줄 수 있는 일이라 여겼으므로 숙제하듯 정리했다.

아버지의 성城

거로의 회귀

"이모부님이 이곳에 와보았으면 참 좋아하실 걸…."

50중반의 오빠뻘 되는 이가 산골에 터를 잡고 아쉬움 담긴 말을 토한다. 익숙한 전망이다. 내 고향산천을 본뜬 듯이 앞뒤 양옆이 빙 둘러 산이다. 산촌에 은거한다기에 이보다 더 깊은 산골을 생각하며 찾아간 예상과는 많이 빗나가 있었다.

충북 소태면의 한 골짝 언덕배기에 어머니의 이종사촌이 사신다. 앞산과 뒷산이 맞닿으려 하는데도 전기가 들어오고 휴대폰 통화도 가능하다. 서른아홉에 혼자되어 아들 여섯에 딸 둘을 키운 여인. 외할머니의 쌍둥이언니 딸이다. 어머니와는 이종간이지만 친척이 귀한 우리들은 그분을 친 이모처럼 대한다. 그분이 올해 8순이고, 내 어머니가 7순이 되셨다. 훌쩍 지나친 그간의 세월이 한 자락 바람처럼 느껴진다.

충청북도를 알리는 푯말이 나오고, 차츰 내륙으로 접어들자 진분홍 복사꽃이 헤실헤실 웃고 있다. 어린 날 흔히 보았던 꽃인데 그전처럼 설레진 않는다. 볼그레하니 벙긋대는 기운 앞에서 어쩔 줄 몰라 하던 사춘기 시절의 내가, 이젠 꽃을 보고 '참 곱구나!' 한다. 그저 꽃 자체로 아름다움을 느낀다. 그러면서 "복사꽃구경 실컷 하는구나" 하시는 어머니의 심경을 헤아려본다.

풍수風水에 미치고, 역학易學에 미치고, 종교에 미치신 아버지는, 젊은 날을 거의 약주로 보내셨다. 일을 해도 소나기일이고 술을 벗해도 소나기술이었으니, 어머니가 도망짐을 쌀 법도 한 일이었다. 어머니는 장날 지나는 길에 이모를 만나, '남편이 죽었으면 좋겠다'고 했단다. 이모부를 일찍 여의고 혼자 8남매를 건사하는 이모 귀에 그게 무슨 호사스런 말이었겠는가.

"동상, 그런 소리 말어. 난 해 뜨면 뜨나보다 하고, 해 지면 지나보다 하고, 남들이 웃으면 따라 웃고, 남들 울면 따라 울어. 기쁨이 무엇인지 전혀 모르고 사니 그런 소리 아예 말어."

홀로된 여인으로서는 당장 식구들의 끼니가 해결돼야 했으니, 인생의 희로애락에 연연할 새가 있었으랴. 내 어머니는 그런 분의 삶을 바라보며 가난으로 얼룩진 날들을 추스러 오셨다고 한다. 유일하게도 어머니 명의로 되어있던 99평짜리 땅문서를 틀어쥐고, 11남매의 장래를 위해 화전을 일구었다.

호남선 철로가 내려다보이던 땅

고향집 뒷산엔 스물세 개의 계단식 밭이 있었다. 소로 쟁기질을 할 때 한참을 이랴 낄낄하며 워낭을 울려대야 겨우 능선 저편에 다

다르는 기나긴 이랑이었다. '두계역' 쪽의 호남선 철로가 15리 밖으로 내려다보이던 땅. 그 밭엔 고구마 세 두둑, 고추 세 두둑 등 무엇이든 세 두둑을 넘지 못했다. 능선 하나를 통째로 둘러친 사래 긴 밭. 이쪽 골짝에서 저쪽 골짝으로 휘돌아간 이랑에선 호랑이에게 물려가도 모른다는 말이 실감날 정도였다. 그러한 밭이 스물세 간이었다.

거름내기도 힘들고 거둬들이기도 힘들었지만 우리 식구들은 그 밭을 사랑했다. 거기서 난 곡식은 쭉정이도 우리 것이었고, 실뿌리도 온전히 우리 것이었다. 아버지 어머니께서 직접 일군 밭이어서 수확량의 일부를 땅임자에게 상납하지 않아도 된다고 했다.

그곳은 토질이 단단한 황토였다. 거름이 빈약한 땅이다 보니 아무리 알이 굵게 든다는 고구마를 심어도 산열매인 '으름'정도의 굵기를 면치 못했다. 쪄놓으면 그야말로 속이 하얀 밤고구마였다.

잠시만 한눈을 팔아도 산딸기나무가 판을 치던 곳. 우후죽순처럼 올라와서는 어느 결에 붉은 열매를 매달고 헤실헤실 유혹하던 곳이다. 아버지는 나뭇잎으로 얼기설기 엮은 1회용소품에 그것들을 따 담아와 슬그머니 내게만 건네주곤 하셨다. 야생마처럼 들로 산으로 누비는 남동생들에 비해, 비교적 안온한 편인 딸을 위하는 방법이었을 게다.

내가 초등학교 2학년 때였던가. 여름방학이 끝나갈 무렵인데 참외밭이 있는 산등성이 원두막에서 같이 망을 보자고 하셨다. 그 해엔 계단밭에 참외와 수박을 심었던 까닭이다. 당시 농사지은 것 중에 가장 큰 수박의 가격이 70원이었고, 참외는 커봐야 20원이었다. 그때는 거의 끝물이었는데도 아버지는 그 산등성이에서 밤을 보냈다.

“아버지 밭 한바퀴 돌고 올 테니 이 안에서 꼼짝 말고 있거라.”

“예.”

나는 기둥에 매달린 호롱불 아래서 밀대방석에 배를 깔고 방학숙제를 했다. 그런데 갑자기 비바람이 몰아치며 사각기둥이 쓰러지고 …. 나는 꼼짝 없이 기우뚱한 원두막에 몸을 맡겼다. 어서 아버지가 나타나기만을 기다리며, 호롱불마저 꺼져버린 폭풍우 속에서 두려움을 견뎠다.

한참 만에 돌아오신 아버지는 내게 호롱을 들게 하고 다시 기둥을 돋우었다. 괭이나 삽날이 꿈쩍도 않는 돌산이었다. 다시 꼴을 갖춘 원두막에서 아버지는 갓난아기 머리통만한 수박을 낫으로 썩썩 깎아 내밀었다.

“먹어라. 덩굴이 비에 다 삭았구나.”

처음으로 먹어본 수박통놈(충청도에서는 사물에 흔히 ‘놈’자를 붙임)이었다. 그것은 내가 객지에 나와 배를 곯을 때에도 든든한 뱃심으로 나를 받쳐주었다.

메밀꽃 피던 자갈밭

계단밭에서 마을을 내려다보고 선 오른편엔 세 개의 밭이 있었다. 그곳은 온통 자갈이어서 맨발로 디디기가 어려웠다. 아예 우리 식구들은 그 밭의 명칭을 ‘자갈밭’이라 불렀다.

그곳엔 주로 어머니가 앉아 계셨다. 5~6백 평이 되어 보이는 큼지막한 밭에는 참깨 등을 심고, 윗자리 두 떼기에는 메밀을 심어

거두었다. 씨를 넣을 때나 거름 낼 때, 그리고 수확할 때가 아니면 아버지의 모습은 별로 밭에서 볼 수 없었다.

가끔씩 모시한복을 입고 중절모를 쓴 채 서울나들이를 하셨는데, 그럴 때면 늘 아버지의 웃옷주머니엔 둥그런 물건 하나가 들어앉았다. 그건 아버지께서 가장 애지중지하는 보물이었다. 눈금이 그려진 것에 바늘이 있는 걸로 보아 나침반이라 여겨졌다. 그러나 아버지는 그것을 그냥 '쇠'라고만 칭하였다. 누구네 집터를 잡아줘도 필수이고, 이웃 동네 노인이 돌아가도 그것부터 챙겨들고 출타하는 아버지. 어린 내 눈엔 그 물건 하나에 아버지의 또 다른 세계가 들어 있는 것 같았다. 아예 그게 아버지이고, 아버지가 그것이었다.

어머니 말씀을 빌면 아버지는 농사일 외에 추구하는 일이 따로 있었다.

"쟁기질 한번 안 해본 선비가 너희들 낳아 기르느라고 들일을 배웠단다. 장가 와서 처음으로 논 한 번 갈고는 병이 낫지 뭐냐. 보다 못한 너희 외할머니가 '자네, 부여 본집에 좀 다녀오게' 하여 사흘간 휴가를 보냈더니 아프던 게 다 나아 왔더구나."

아버지는 그런 분이었다. 들에서 일을 하다가도 즉흥적으로 무언가를 찾아 훌쩍 떠나곤 하던 분. 하루 도시락 두 개를 싸서 산을 타면 오밤중이 되어서야 돌아오곤 하셨단다. 발목 잡는 현실 속에서 풍수연구에 몰두해 그러했던 날들이다.

어머니는 용케도 그런 아버지를 이해했다. 호미자루만 닿아도 자그락자그락 하는 개간밭에서 나날이 배가 부른 채로 김을 매고 돌을 골라 날랐다. 소가 닿지 않는 곳에선 사람소가 되어 어깨가 벗겨지도록 극쟁이를 끌었다. 뒤에서 땅을 겨냥한 아버지는 묵묵히 따르고, 어머니가 반듯한 이랑을 위해 걸음을 옮기셨다.

그렇기에 토심이 깊지 않은 그 밭에선 많은 수확을 기대하지 못했다. 다른 농사는 번번이 실패하여, 씨 뿌려 김 덜 매는 호밀을 심어두기도 했다. 호밀은 애초 말의 먹이로 우리나라에 들여온 것이나, 우리 가족은 그것으로 밥을 해먹고 개떡을 쪄먹었다. 어쩌다가 고추나 콩이라도 심어보면 가운데 자리가 듬성듬성 비어 볼품사나웠다. 워낙 박토여서 집에서 기르는 돼지퇴비만으로는 당할 재간이 없었다. 그나마의 거름도 비료포대에 몇 삽씩 담아서는, 남동생들에게 상을 걸어 일을 덜었다.

지금의 군軍시설 '계룡대'를 정면으로 바라보고 있는 그 자리. 계룡산 상봉에서 왼편으로 삼불봉을 지나고 밀목재를 이웃하고 있는 뾰족한 봉우리 '시루봉' 턱 아래에, 우리들의 터전인 계단밭과 자갈밭이 있었다. 차령의 능선이 신도안 땅을 감싸 안는데 중추역할이라면, 우리 집 뒷산은 동문 쪽에 가까워 갈비뼈와도 같았다.

조선의 태조가 이씨왕조의 도읍지로 삼으려 했다는 '대궐터'에서 보아도 해는 우리 집 뒷산에서 떠올랐다. 그 산 중턱에 붉으죽죽한 줄기의 메밀밭이 있었다. 자잘한 꽃 속에서 무슨 결실이 맺힐까싶게 늦가을까지 피어 하느작대던 하얀 꽃밭. 겨울철에도 나날이 맷돌을 돌리게 했던 삼각뿔모양의 까만 알갱이. 그건 설움의 상징이었다.

그래도 우리 형제들 8남 3녀는 그 산밭에서 나는 알곡에 의해 자라났다. 메밀이든 옥수수든 배를 주리지 않고, 장구배 두드리며 노래를 불렀다. 오고 가는 길에 만나는 자연이 다 내 것이어서, 근사한 너럭바위까지 맡아 두었다가 뒷날에 필히 찾아와 앉아볼 것이라 마음먹었었다. 알게 모르게 아버지의 강한 기운이, 내 어린 몸에도 자리잡아가던 시절이었다.

형제들의 근원, 생땅 판 데

이제, 거기서 또 능선 하나를 우측으로 끼고 돌면 나지막이 내려앉은 자리에 열 개의 뙈기밭이 나온다. 애초 논으로 일군 것이 천재지변에 의해 밭이 된 곳. 외가 조상들의 뿌리가 모셔진 곳이기도 하다. 동학사상에 심취해 황해도를 떠나온 외가어른들의 유택이 있는 골짜기이다.

백마강가에서 자란 아버지 역시, 동학대종원의 본부가 있는 이 지역에 와서 교리를 연구하다 어머니와 가정을 이룬 분이다. '동학농민운동'에 참여하셨던 외증조부님이나, 이 마을의 시초를 세운 외조부님이 내 고향권에서는 '도사님' 소리를 듣던 분들인데, 어머니가 외동이다 보니 외가의 교파는 자연적 아버지에게로 이어졌다. 그래서 우리 형제들은 외가에서 나고 자랐다. 부모님은 우리들 대에 이르러 손이 번성하는 것에 대해, 다 외가 어른들의 공덕이라고 했다.

그러나 현실은 냉혹하여 식구가 늘수록 재산이 줄어들었다. 대궐 같던 기와집에선 초가로 이사를 하고, 마을 한쪽의 너른 땅도 문서가 바뀌었다. 그렇게 되자 생땅을 일구는 수밖에. 평지의 소작은, 농사는 수월하나 곡물을 지주에게 바쳐야 하는 조건이 따르므로 아버지는 매우 거북해하셨다. 어쩌다 땅임자 여인이 나타나면 아버지는 눈길도 주지 않고 없는 일도 만들어서 했다.

마침내 부모님은 가재가 기어 다니는 골짜기를 개간하여 서너 마지기의 논을 만들었다. 아버지 키의 몇 배 되는 소나무를 캐내고, 크고 작은 돌을 골라내어 다랑논에 물을 담았다. 어머니는 만삭인 몸을 안고 논두렁을 붙이면서, 자식들에게 쌀밥 먹일 희망으로 힘든 줄을 모르셨다. 그러나 그 기대는 첫 수확도 보지 못한 채 수포로 돌아가 장마에 산사태가 나고…. 논바닥에는 여러 갈래의 골이 패였다. 애초 그곳은 그리 골이 깊지 않았었는데, 그 해 비로 그만 흉측스러워졌다.

그때부터 우리 식구들은 나무 심는 버릇이 붙었다. 속살을 드러낸 언덕에 해마다 식목일이면 식구 수대로 밤나무를 심었다. 그게 습관이 되다보니 나이 어렸던 동생들까지 손쉬운 미루나무 가지를 꺾어 밭둑에 꽂곤 하였다. 그렇게 몇 년이 지나자, 그 곳은 옛 상흔이 가셔진 푸른 언덕을 이루었다. 그리고 논을 포기하고 건진 뙈기밭에서는, 쌀 대신 감자와 땅콩 등이 결실로 돌아왔다.

마을 사람들은 그곳을 '생땅 판 데'라고 불렀다. 토질이 주로 모래여서 맨발로 디디면 느낌이 새로웠다. 설사 논으로 존재했다 하더라도 모래논에 벼가 뿌리내리는 데에는 상당히 무리가 따랐을 것이다.

하지만 그곳은 우리의 성장과정에서 빼놓을 수 없는 신비의 요체였다. 가재가 슬슬 기는 지반 사이로 얼음장 같은 물이 솟았는데, 물맛이 그만이어서 주전자 하나 너비의 보를 쌓고 냉수를 길어다 먹으며 여름을 났다. 그 물은 몇 굽이를 휘도는 동안에 큰물이 되어 마을의 저수지 쪽으로 내달렸다.

쉽게 사람들의 눈에 노출되지 않던 그 골짝에선, 한여름 매미소리가 쇄쇄하였다. 집에서 가장 멀리 있었던 밭이지만 우리가족은 너나없이 그 밭을 좋아했다. 여느 밭에서 맛보지 못하는 낭만이 있었던 까닭이다. 밭일을 하다가 딴 장난을 해도 아무도 모르던 골짜기. 더러는 지반 밑을 파서 찰흙을 찾아내기도 하고, 한참씩 미루나무그늘에 앉아 놀아도 탓하는 이가 없었다. 완고하기 짝 없는 어머니도 그 골짝에 들어서면 유순한 여인으로 돌아가, 어느새 우리들의 친구가 되어주곤 했다. 하늘에 먹장구름이 몰려와도 무섭지 않았던 걸 보면, 조상님이 계신 곳이어서 그랬지 싶다.

내 기억 속의 아버지는 그 밭에서 거의 사셨다. 때가 되어도 돌아오지 않으면 우리들은 저수지 둑에 서서 골짝을 향해 소리쳤다.

"아부지~~~, 진지 잡쉬유~~~."

그 메아리가 끝날 즈음엔 골짝에서 들려오는 아버지의 음성이 바람을 타고 흘렀다.

"그랴~~~."

그 화답을 들을 때까지, 입을 열 줄 아는 형제들은 목청을 뺐다. 아버지의 성, 즉 뒷산을 향해 체면도 아랑곳 않고 물가에 서있었다.

돌이켜보면 그곳이 유일하게 아버지의 요람이었던 것 같다. 물소리 매미소리 벗 삼아 고단한 삶의 무게를 잊고, 추구하는 정신적 세계에 한껏 몰입하던 장이 아니었는지. 그에 비해 계단밭이나 자갈밭은 광활하리만치 열려있어, 심층이 드러난 것이나 진배없었으리라.

자운영 꽃과 어머니

은발이 성성한 이모님 댁에서 하룻밤을 묵던 날, 하늘엔 별들이 쏟아질 듯하였다. 젊은 날을 노역勞役에 바친 두 어른이 두런두런 이야기를 이으며 밤을 밝힌다. 거기에 돌아가신 지 2년을 넘긴 아버지도 살아나 합세를 한다. 어머니의 어조가 높았다 낮아졌다 한다.

아버지 가신 뒤에야 나는 그분이 동학교파의 '도사님'이었음을 알았다. 종교 의식에 따라 장례를 모시는데, 본원에서 나온 분들에 의한 축문에서 밝혀진 것. 오래 전 고향 뜰 무렵부터 내 아버지의 직함이 그리 불렸다는 사실을 나는 딸이면서도 전혀 알지 못하였다.

나라 정책에 밀려 부모님의 숨결이 밴 터전을 떠나온 세월이 20여 년이다. 하지만 내 의식 속의 아버지는 늘 고향 뒷산에 계시다. 계단밭에서 워낭소리를 내다, 자갈밭에서 극쟁이 날을 세우다, 생땅 판 데서 심오한 세계에 든다. 그러다가 후딱 어디론가 사라진다.

다음날 아침, 어머니는 이모를 따라 다랑논으로 나가신다. 그리고는 논바닥에 널려있는 오밀조밀한 꽃 앞에 쪼그려 앉는다.

"햐, 보라색이 참 예쁘구나!"

"이 꽃을 아세요?"

"그럼. 자운영이지."

간밤을 지새우고도 어머니 음성이 낭랑하다. 젊으실 땐 한번도 입밖에 내보지 않은 고운 꽃 이름. 어머니는 이미 아버지의 성城에 들어 계신가보다. 그 성에서 보랏빛으로 일렁이던 젊은 날의 이야기보따리를 마냥 풀어 제치시나보다.

눈으로 보는 소리

땅만 보고 걷는 버릇이 있다. 길을 걸으면서 보도블록의 수를 세기도 하고, 몇 칸씩 건너 뛰어 보기도 한다. 그러다가 마주 오던 사람의 가슴팍에 안길 뻔한 일도 있다. 그런 경우 무안한 마음에 시침이라도 뗄 일이나, 무심코 상대방의 얼굴을 올려다보았다가 눈이 마주쳐 가슴이 후끈해지기도 하였다. 지나치고 나서 부딪치려한 사람의 얼굴을 떠올리려 해도 되살아나는 일이 없지만, 가슴에 와 박힌 그 눈빛에 공연히 마음이 흔들리곤 하였다.

서울근교라고는 하지만 시내에 나가려면 차를 몇 번씩 갈아타야 하는 나는, 여기 의왕에서 사당까지 버스를 이용한다. 의왕의 모락산을 오른쪽으로 끼고 돌면 이내 인덕원에 가 닿고, 거기서부터 이어지는 길이 한적하여 소풍 길과 다를 게 없다. 몇 해 전에는 그 길에서 눈빛이 아주 맑은 사람을 만났다.

차안에서 흔히 있는 일로, 그 날도 말쑥한 차림의 한 사람이 버스에 오르더니 무언가가 적힌 인쇄물을 돌리기 시작했다. 불우이웃을 돕는다는 사람들에게 몇 차례 손수건을 샀던 나는 또 그런가보다 하였다. 한데 막상 손에 전해진 종이에는 시詩 두 편이 적혀 있었다.

작자가 본인이라는 것 외에는 이름을 써넣지도 않았고, 내세워질 법한 약력 하나쯤도 들어있지 않았다. 하지만 그 무명시인無名詩人의 시 구절 중에는, 이따금씩 되살아나게 하는 대목이 있다.

'눈으로 소리 듣고/ 가슴으로 시를 쓴다'는 그는, '물가에 벗어놓은 신발 두 짝에/ 가족들의 모습이 어리었다'고 표현했다. 자신의 처지를 비관해 극단적인 행동을 하려 했음을 읽게 하는 대목이었다.

나는 그 때 그가 말하려는 것을 알 수 있었다. 그는 청각 장애인이었다. 청각 장애인이라는 말 대신에 '눈으로 소리를 듣는다'고 한 것이다. 다행히 눈으로 들은 소리를 글로 표현할 수가 있어서, 그의 눈빛은 여과된 물처럼 비쳤는지도 모른다. 그러나 그런 시를 돌린다고 해봐야 얼마만큼 공감을 얻어 동정을 살지는 의문이었다. 많은 사람들의 시선이 그 시 구절과 마주치기를 바라지만, 몇이나 마주칠지는 미지수다.

사람과 사람 사이에 눈이 맞지 않고서는 마음이 동動할 수 없다. 또 가슴에 품은 뜻이 제아무리 크다 해도, 누군가와 눈을 맞추지 않고 혼자서는 일을 해낼 수가 없다. 남녀간의 정분도 눈이 맞아 일어난 사건이요, 옛 선비들이 사랑에 모여 나랏일을 도모하던 것도 눈이 맞은 데서 비롯된 일이었다.

눈 맞춤 중에서도 가장 성스러운 것이, 엄마와 아이가 눈 맞춤 하는 것이다. 거기에는 지고지순한 사랑이 존재하므로, 그 어느 것도 개입하기가 어렵다. 그런데도 나는 어려서부터 어른들의 대화에 '눈 맞았다'는 말만 나오면 귀가 쫑긋해지곤 하였다. 애들이 들으면 안 된다고 하였지만, 그 '눈 맞았다'는 말은 왜 그리도 귀에 와 박혔는지 모른다.

생각하기에 따라 차이가 있겠으나, 누군가와 눈을 맞춘다는 것은 참으로 신나는 일이다. 나를 지켜보는 사람이 있다는 데서 힘을 받

저자의 어머니

어린 모습의 저자의 두 아들

고, 또 내가 남을 향해 마음을 전할 수 있다는 것은 무형無形의 자산이다. 이처럼 눈으로 주고받는 사람들 간의 감정에는 은유가 배어 있기도 하다.

50여 년 전이지만 내 부모님은 감정이 먼저이고 중매가 나중인 결혼을 하셨다. 어머니는 6·25 때에 피난 중인 아버지를 처음 보고 마음이 움직였다고 한다. 당시 어머니 나이 열 네 살이었는데, 먼발치서 아버지를 본 어머니는 얼른 이루어지지 않는 혼인에 마음을 앓아 몸져눕기에 이르렀다. 이심전심以心傳心이었던지 외가에 중매쟁이들이 줄을 잇는 시기에 맞춰 아버지 쪽에서도 매파를 놓았다. 그렇게 하여 좀처럼 휘기 어려운 황해도 혈통과, 비교적 성격이 유한 충청도 혈통의 두 가계가 사돈으로 맺어지는 역사가 이루어졌다.

두 분 사이에 오고간 말 한마디 없이, 그분들을 부부의 연緣으로까지 이끈 힘은 어떤 것이었을까. 어머니는 아버지의 묵묵함에 반하셨다고 하는데…. 아무튼 두 분이 서로 한 울타리 안에 들게 된 것은 그 눈빛 탓이다. 그 옛날 두 분은 이미, 서로의 가슴속에 울려 퍼지는 소리를 눈으로 감지하셨던 게 틀림없다.

"내가 한 3년 지켜봤다가 크기를 기다려 색시 삼았지."

하시는 아버지 곁에서 웃고 계신 어머니는 지금도 꼭 열 네 살적의 소녀 모습이다. 달밤의 박꽃같이 안면 가득 수줍음이 번진다.

오늘도 거리에는 수많은 사람들이 눈을 맞추며 오고 간다. 그 마주치는 눈빛이 또 무엇을 이뤄내고 있을까. 나는 시를 들고 다니던 그 걸인의 눈빛에 또 마음이 머문다. 그러면서 눈으로 보는 소리에 움트는 크고 작은 일들을 생각해 본다.

나일론 장판

청도 신도안 땅, 태조 이성계가 도읍으로 정하려 했다는 그 곳 시루봉 아래에는 밤늦게까지 불 밝혀놓은 초가 한 채가 있었다. 등잔불 밑에서 '쓰스락 쓰스락' 새끼 꼬는 소리 창호문을 새 나가면, 토방까지 내려앉은 달빛은 푸르게 귀를 열고 뜨락을 지켰다.

아버지의 옛이야기 이어지고, 언니와 나는 한 죽(10켤레)에 2원하는 면장갑의 목을 달았다. 씩씩한 언니는 더러 코를 빼먹고, 꼼꼼한 편인 나는 어머니를 흉내 내며 한 코 한 코 꿰어나갔다. 그 때 내가 열 살이었는데, 두 살 아래 남동생은 손가락 담당이었다. 코바늘로 야무지게 옭아 채야 하는 일을 부지런한 동생은 선수처럼 해냈다. 그래도 가끔씩은 가운데 코를 걸지 않아 맹감나무 잎새처럼 오그라뜨리기도 하였다.

마을 귀퉁이에 있던 장갑공장은 오밀조밀한 금속들이 연이어 철커덕거렸다. 씨줄과 날줄이 자아내는 묘미로 민둥한 장갑들이 뚝뚝 떨어졌다. 손목부위를 짜는 기계가 따로 있어서, 그것을 우리들은 '장갑목'이라 하였다. 기술자 총각이 기계를 어를 때면, 콧노래가 흐르며 어깨율동이 격렬했다. 그러한 장갑을 받아다가 솜씨 좋게 이음질을 하고 나면 겨울이 갔다.

그렇게 그 해 겨울방학이 끝나갈 무렵, 우리 집 안방에는 나일론 장판이 깔렸다. 대전까지 가서 사온 것인데, 40리는 버스를 타고 20리는 걸었다. 나는 그 날 아버지를 따라나서서 처음으로 도시 구경을 했다. 두계역 앞의 신도천을 건너고, 송정리 귀퉁이 거북바위에도 기대어 쉬었다. 그런 중에도 아버지는 두런두런 이야기를 하셨다. 등에는 육중한 장판둥치를 매달고서….

노랑 바탕에 꽃무늬 진 나일론장판. 그것은 마을꾼들이 올 때마다 신비로움을 안겨주었다. 윤기가 나는 것이 질겨서, 걸레질도 수월하고 개구쟁이들이 요동을 쳐도 끄떡없었다. 이전의 기름 먹인 종이에 댈 게 아니었다. 그것이 시루봉 아래 마을의 나일론 장판 시초가 되었다.

'석탄에서 실크를 뽑았다'는 찬사를 받으며 널리 퍼진 나일론. 언제부턴가 편리하다는 말로 통용되고 있어서 좋은 의미로만은 들리지 않는다. 가볍게 행동하거나 혹은 끈덕진 사람을 비아냥거릴 때에도 나일론이 들먹여진다. 그러나 그 해 겨울의 나일론 장판은, 소박했던 산골 사람들에게 질겨서 좋았다.

일몰日沒

 서 뒷날, 쟁쟁거리는 소리에 눈을 뜨니 시야는 아직 어둠에 간혀있다. 산과 하늘 사이에 검은 선만이 뚜렷하다. 그 속에서 온 동네 귀뚜리들이 깨어난 듯 목청을 돋운다.

"귀뚤귀뚤 귀뚜르르르, 귀뜨르 귀뜨르 귀뚤…."

밤새도록 저렇게 합창을 했나보다. 그 소리가 청정하여 다시 눈을 감는다. 고요 속에 귀뚜리의 노래만이 흐른다.

그러기를 잠시, 멀리서 닭울음소리가 환청처럼 들린다. 그 틈을 매미소리가 비집고 든다.

"맴맴 매애앰 귀뚤귀뚤, 찌름찌름 꼬끼오 귀뚜르 뚤뚜울…."

새벽이 어둠을 밀어내는 소리다. 어느 결에 귀뚜리의 노래는 잦아들고, 매미소리가 닭울음소리를 삼킨다. 한낮이 되자 매미소리마저 시들해지는 것이, 이젠 여름과 가을의 교차를 알린다. 생生과 사死의 교차점도 이런 것일까.

"당신은 첫아이 출산 직후, 아기의 첫 울음소릴 들으며 무얼 생각했나요?"

이 말은 내가 뭇 여성들에게 수없이 던져본 질문 내용이다. 그러면 대답들도 다양해서 '해냈구나', '엄마가 되는구나' 하는 등 감개무량했다고 한다. 그런데 나는 좀 의외였던지 윤회를 떠올렸다. 우렁차게 울어대는 첫아이의 목청을 들으며, 오래 전 내 곁을 떠난 선조先祖들의 영상에 사로잡혔다. 누가 가르치지 않아도 다 아는 이야기. 외조모님과 어머니, 어머니와 나, 그리고 내 아이와 나의 관계가 한 고리에 걸려있었다. 새 생명의 탄생이 고요를 깨는 시각에, 그 가슴 벅차도록 경이로운 순간에, 이승과 저승 사이의 가고 오는 사람들을 생각하다니 돌이켜 볼수록 엉뚱하다.

해가 뜨고 지는 모습은 내게 있어 아주 익숙한 풍경이다. 자란 곳은 물론이고 지금 살고 있는 곳도 전망이 트여있다. 그런데도 가끔씩은 바닷가로 달려가 해넘이를 본다. 처음엔 산으로 지는 해와 바다로 풍덩 빠지는 해를 확인하고 싶어서 비롯된 일이었다. 해변의 낙조를 말할 때면, 적지 않은 사람들이 그 '풍덩'에 힘을 주곤 하였던 까닭이다. 어찌나 강조를 하는지 듣고 또 들어도 흥미로웠다. 아예 그 대목에서는 내가 물 속으로 쑥 들어가는 느낌마저 들었다.

그러한 일몰日沒의 경관을 보겠다고 찾아간 서해바닷가. 수면에 출렁이는 불기둥이 누웠다. 처연하게 와 박히는 붉은 무늬의 실루엣. 태양은 아직 수평선 위로 저만치 남았는데, 물결 위에 토해내는 연붉은 빛깔은 흥분과 엄숙함을 동시에 자아냈다. 아름답다 못해 슬프다. 장엄하게 울려 퍼지는 장송곡葬送曲을 대하는 듯 가슴이 저려온다. 죽음을 앞둔 사람의 마지막 기력이 수면에 드리워진 바로 저 빛일까. 온몸의 기를 몰아 이승을 하직하는 모습을 빛에 비유하자면 저렇듯 찬연燦然할까. 떠나야하고 보내야하는 이승에서의 마지막 절차. 최후의 순간까지 의식이 또렷하여, 그 기로에 섰음을

산본. 수리산과 노을

짐작하는 사람들. 그들에게는 그 길이 얼마나 단호한 길이 될까. 두고 가는 인연에 대한 미련인들 어이하랴. 그러고 보면 일몰의 장관을 '풍덩'이라 하는 편이, 몇 곱절 어울리는 말로 들린다.

아버지…. 마지막 순간을 몇 시간 앞둔 날 새벽, 중환자실에서 상반신뿐인 몸을 일으켜 곧추 앉으셨다. 기나긴 병마로 두 다리를 잃고도 그렇게 기를 모아 결별인사를 나눴다. 면회시간 30분을 우리 10남매는 나눠 가졌는데, 아버지의 가슴은 토끼심장처럼 여리게 팔딱이고 있었다. 눈에는 그렁그렁 이슬이 맺힌 채, 하나하나 손을 잡아주셨다. 자식들 앞에 무엇이 어려워 그 몸으로 일어나 앉으셨을까. 이제, 또 다른 세계에 잠기기 위한 비장한 의식이었을까.

마침내 붉은 덩어리 하나가 수평선 저 멀리로 스미려 한다. 일몰이다. 갑자기 가슴이 출렁인다. 가늘게 보이던 핏빛 선마저 슬며시 꼬리를 내린다. 걷잡을 수 없는 내면의 파도. 목이 메여온다. 하늘 끝자락의 구름 한 떼가 불붙는다. 저 이글거리는 화염의 빛깔. 저것은 숨을 다한 이의 남은 체온이다. 아니, 생성의 빛깔이다. 무언가 새로이 시작되는 것을 암시하는 신호다. 누군가 또, 저 안에 들었나보다.

일몰 후의 바다는 고요하다. 내일 아침이면 태양은 여지없이 떠오를 것이다. 그렇지만 떠난 이의 자취가 선명할지, 흔적도 없이 사라질지는 미지수다. 다만 생과 사의 경계에서, 세상을 살아낸 개인의 의지意志 앞에 절로 숙연해지는 것이다. 결코 평탄하지만은 않은 세파를 헤치며 묵묵히 견디어낸 그 가치를 조문하는 것이다.

아직 채 잦아들지 않은 노을빛을 두고, 나는 차마 발길이 떼어지질 않는다. 자꾸만 고개를 젖혀 뒤를 본다. 풀벌레소리 망연하게 초저녁 거리를 수놓는다.

겨울 달

산마루 위에 달무리가 섰다. 달을 에워싼 희뿌연 테가 우수에 젖은 여인의 표상으로 비친다. 어슴푸레한 산등성이로 이우는 달빛. 어쩌면 저리도 처연하단 말인가. 지난 밤 나는 저 달을 보며 얼마나 많은 무늬를 가슴에 새겼던가.

대설, 바로 그 밤에 첫눈치고는 제법 많은 눈이 내렸다. 발목을 덮는 소담스런 눈이다. 비질하는 소리가 경쾌하게 새벽을 열었다. 사람과 사람 사이엔 온 종일 눈에 대한 이야기가 이어졌다. 나도 먼 곳에 있는 지인知人에게 첫눈 소식을 알렸다. 순회하는 자연현상일 뿐인데 적이 호들갑스레 군 꼴이다.

저녁엔 한 지역문학모임에 참석하게 되었다. 전철에서 내려 걷는 길이 꽤 멀었다. 야트막한 언덕아래 하얀 눈길이 나를 안내하고 있었다. 볼을 스치는 싸늘한 바람마저 상쾌하게 와 닿았다. 그 길을 나는 아껴가며 걸었다.

그러다가 불현듯, 딛고 온 눈길을 되짚어보고 싶은 충동이 일었다. 걸어온 길과 남은 길을 가늠해보는 것이다. 휘익 몸을 돌리는 순간, 푸르디푸른 창공 저 높이에 둥실 떠있는 찬연한 달빛. 그 희

디힌 보름달이 어느새 힘센 장부가 되어 나를 한가득 감싸 안지 뭔가. 순간 온 몸에 전류가 흐르는 듯했다. 정다운 이가 말없이 보고 있는 듯이, 그윽한 사람의 속삭임이 귓가에 들려오는 듯, 알 수 없는 넉넉함이 따스하게 파고들었다.

그때부터 나는 아예 뒤로 걷기 시작했다. 코트 자락이 눈에 끌리건 말건, 초대받은 자리에 늦건 말건, 그 달빛을 놓치고 싶지 않은 마음 하나로 뒤뚱뒤뚱 가재걸음을 걸었다. 달은 다 안다는 듯 가만가만 따라오고, 나는 한결같은 사람의 의중을 보는 듯 든든했다. 오랜 갈등 끝에 화해를 청하는 사람의 손길이 이렇듯 푸근할까. 아니 신의 손길이라 하는 게 더 적중하지 싶다. 어떠한 속박으로부터 헤어나고픈 사람에게 있어, 휘영청 밝은 저 달은 무슨 메시지를 보내오는 걸까.

생각이 이에 미치자 갑자기 짙은 설움 같은 것이 몰려왔다. 극도의 아름다움은 극도의 슬픔을 배제하지 않는다는 걸 증명이라도 하듯, 달빛에 투영된 긴 긴 날의 여정이 엊그제 일처럼 풀려나고 있었다. 어린 날부터 사춘기를 겪던 10대, 그리고 40중반에 이르기까지의 굵직굵직한 선들이 문장의 단락을 이루듯 또렷또렷하다.

어려서부터 나는 약골이었다. 죽을 고비를 몇 차례 넘기고도 살아남은 운 좋은 딸이라고 했다. 다섯 살 때 꽃고무신을 신고 백마강가의 큰댁에 다녀온 일이 있는데, 그것이 내 행로의 첫 페이지로 자리 잡는다. 할머니 제사를 지내고 오는 길이었던 것 같다. 사과는 시어서 한 입밖에 못 먹고, 아버지가 사주는 달콤한 유과를 맛있게 먹었다. 호남선 철로변(두계역)의 큰 내를 건널 때는 이미 달밤이어서, 동생은 아버지 등에 업히고 동생보다 가벼운 나는 어머니 등에 업혔다. 그 후로 자라면서 툭하면 빈혈에 시달렸다. 그런 나를 위해 어머니는, 보리쌀 복판에 쌀을 한 줌씩 박아서 밥을 짓곤 하였다.

사춘기 시절의 나는 어느 철학자 못지않게 고뇌에 차있었다. 소작농가의 딸로서 줄줄이 걸린 형제들의 학업…. 누가 시키지 않았는데도 부모님 품을 박차고 나와 스스로 그 짐을 졌다. 그 시기에 스스로를 지켜낸 것은 깐깐한 성격 하나였다. 웬만해서는 휘어지지 않는 성미가 내면을 옹골차게 키워갔다. 그렇게 속으로 삭이는 것이 현실을 뛰어넘는 최상의 길이라 여겨, 그 무게를 마땅히 내 몫으로 지고 살았다. 그러면서도 뜻을 이룬 후에 쉬 스러지는 사람들을 보며 '그렇게는 되지 말아야지' 하고 다져보기도 하였다.

그러나 세상엔 아이러니가 존재한다. 인생이란 대단원의 행로는 더욱 아이러니컬하여, 차고 뜨거움이 공존한다. 베일에 가려져 표

면으로 쉽게 드러나지 않고 있을 뿐, 극과 극의 대립은 피할 수가 없나보다. 더구나 이 '비극'이란 놈은 호시탐탐 기회를 엿보다가, 바늘구멍만한 틈이 보여도 침투를 한다. 그래서 허구 많은 사람들이 제대로 기氣를 펴보기도 전에 꺾이고 만다.

근래 몇 년 사이 병원관리를 받아오던 나는, 무엇이 또 탈인지 검사에 검사가 이어지고 있다. 참는 것에 도통할 만도 하여 의사 앞에 '견딜만하다' 했더니, 의사의 말이 '길 가다 쓰러지게 생겼다'는 것이다. 이 작은 몸뚱이 안에 무엇이 그리도 위험수위란 말인가.

눈길을 걸으며 하나하나 욕심을 덜어본다. 덜어내는 데에는 이미 단련되어 있다. 어쩌면 애초부터의 사람들 삶이 욕망과 비움의 연속인지 모른다. 내가 청소년기에 가난으로부터의 탈피를 꾀했다면, 장년기인 지금은 질병으로부터의 탈피를 꾀하고 있는 격이다. 그러나 그것이 뜻대로 안 될 때에는 고이는 욕망들을 덜어내는 수밖에.

마흔넷의 겨울. 그래, 유년기의 비루먹은 당나귀 꼴부터 떠올려보면 잘 버티었다. 아직 할 일이 많고, 쓸 이야기도 무궁하다. 하지만 두 권의 수필집에 그나마 혼을 쏟았으니, 그것도 어찌 보면 뜻을 이룬 셈이지 않은가. 게다가 나름대로의 글 색깔을 갖추고는 있으니, 이 역시 내가 이 세상에 나서 활약한 증거라고 볼 수 있다.

어쩌겠는가. 말을 앞세우면 말대로 된다하여 좋지 않은 일일수록 말이나 행동을 금기시하는 게 우리네 미덕인 줄 알지만, 병마가 정 덜미 잡는 날에야…. 죽음이 저 달빛과도 같이 포근하게 나를 품는다면, 그냥 자연스레 그 안에 들 수도 있으리.

이렇듯 눈길에서 얼룩지던 내 속내를 아는 양, 뉘엿뉘엿 재를 넘는 달이 그늘져 있다. 차디차게, 그러면서 안온하게.

수의 壽衣

간혹 오래 전의 미라가 발견됐다는 소식을 접할 때 나는 전율한다. 미라의 몸을 감싼 수의라든가, 그 주변의 여러 가지 여건 등에 대해서도 생각해보게 된다. 토질, 물, 바람 등…. 그러나 아무리 생각해본들 그러한 것들이 어수룩한 내게 모습을 드러낼 리가 없다.

30여 년 전(1968)년, 중국 하북성에서는 기원전 서한西漢시대(中山王 독관부인)의 황금수의가 발견되어 세상 사람들을 놀라게 했다고 한다. 금루옥의金縷玉衣라 불리는 이 수의는, 얇은 옥 조각을 1천2백 돈의 황금실로 이어 만들었다하니 벌어진 입이 다물어지질 않는다. 사람의 원형보존을 꿈꾸는 이들의 열망이 그러한 수의를 만들어낸 것이라 하는데…. 정작 그 독관부인은, 흙 속에 화려한 수의만을 남겨놓았다고 하니 아이러니라 말할 수밖에.

우리나라에서도 수의에 대한 이야기는 분분하다. 집안에 노인이 있으면 미리 만들어두어야 장수한다 하여, 수의 만드는 날을 별도로 택일하기도 한다. 그 정도로 수의는, 우리의 자연스런 풍속문화라고나 할까. 내 눈엔 이러한 전통이 아름다워 보인다. 지나치게 값

비싼 호화품에 대해서는 거부감이 일지만, 가족의 마지막 길에 옷 한 벌 지어 입히는 정성쯤으로 생각하면 오히려 가슴 따뜻해지는 이야기일 수 있다.

얼마 전까지만 해도 '수의'라는 말은 섬뜩하게 들렸었다. 일곱 살 때에 외할머니 염습광경을 훔쳐보았는데, 그때의 인상이 너무도 강하게 남은 까닭이다. 생生과 사死의 갈림길만으로도 공포를 느낄 나이에, 숨 거두신 외할머니의 몸에 입혀지는 그 희귀한 옷을 보았으니 온전할 리가 있겠는가. 가슴을 철렁하게 했던 그 기억은 오래도록 무섬증으로 남아있었다.

그렇다면 정녕 우리의 관심 밖일 수 없는 수의는 사람의 원형原形 보존을 갈망하는 쪽일까, 아니면 자연으로의 회귀回歸를 꾀하는 쪽일까. 그것이 어느 쪽이든 간에 나는 이전의 두려움이 달라져, 수의를 아름다운 옷으로 분류해놓게 된다. 그리고 문득 문득, 통풍이 잘 되는 좋은 베 몇 필에 마음이 머문다. 다행히 바느질 할 줄 아는 손을 가졌으니, 이 손으로 수의를 몇 벌 지어두고 싶다. 옷 솔기에 정성을 묻었다가 소중한 사람들과 이별의 순간에 한 벌 한 벌 입혀 보내고 싶다. 그럴 수만 있다면, 사랑하는 사람과의 갈림길에서도 조금은 그 비통함이 덜하지 않을까 생각해본다.

가슴에 흐르는 강

누군가 내게 그리움에 대해 말하라면, '가슴에 흐르는 강'이라고 대답할 것이다. 잔잔하게, 때론 격정적으로 여울져 흐르는 강줄기를 누구나 가슴 복판에 품고서 살아간다. 그 물살이 그려내는 무늬에 따라 사람들의 삶은 천차만별의 갈래로 흐른다.

친정 선산에서 새해 일출을 맞았다. 아버지 산소 앞에서 온 몸 가지런히 하고 절을 하시는 어머니 모습이 풋풋한 소녀 같다. 아니, 나풀거리는 한 마리 나비 같다. 지아비에게 정성을 다하는 여인의 표상表象이 바로 저런 모습일까 싶을 정도로, 뒷모습이 고결해 보인다. 어머니가슴엔 아마도 뜨거운 강이 흐르리라. 그 출렁임을 어쩌지 못하여 저렇게 춤을 추시는 게다. 아버지 계실 때나 사별 후에나, 그분 앞의 어머니는 귀여우면서도 정갈한 여인이다. 나는 같은 여인으로서 이러한 어머니가 부러움의 대상이기도 하다.

어려서부터 부모님의 혼인이야기를 즐겨 들어왔는데, 그때마다 두 분 얼굴에 어리던 빛을 잊지 못한다. 그건 웬만한 일에는 꿈쩍 않는 믿음의 빛깔이었다. 평화롭게 번지는 미소 속에 질곡의 삶을 거쳐온 무수한 사연들이 녹아 흐르고 있었다. 일찍이 열네 살에 아버지를 처음 보고 마음이 달뜨셨다는 어머니는, 한마디 대화도 없이 그 정념情念을 가꾸어 3년 뒤 아버지의 색시가 되었다. 불같은 성미인 외할아버지 고집을 꺾고 부부의 연을 맺기까지 어려움도 따랐지만, 어머니는 장래의 지아비에 대한 믿음이 더 든든했다고 하신다. 그러한 부모님의 추억을 나는 매우 소중하게 여기고 있다. 선한 번 보고 혼인하는 사람들이 많았던 시절에 두 분의 은근한 로맨스가 부럽기까지 하였다. 그러나 그분들 사이에도 표현 못했던 이야기가 켜를 이루었던 것일까.

아버지 가시기 전 날, 저녁면회를 마치고 중환자실을 나오는 어머니 얼굴엔 뜻밖에도 미소가 물려있었다. 거두절미하고, 아버지로부터 '평생에 딱 한번 들어보는 말을 들었다'고 하셨다. 오랜 지병 끝에서야, 그것도 이승과 저승의 갈림길에 서서 어머니의 가슴속을 어루만지는 소리.

"그간, 내게 시집와서 자식들 여럿 낳아 번듯번듯 키워줘서 고마워."

바로 이 말씀에 어머니는 '바보처럼 웃었노라'고 하셨다. 그 한마디가 어머니로 하여금 지아비를 곧 떠나보내야 한다는 사실조차 잠시 망각하게 했다는 것이다.

그런데 어머니는 아버지 1주기제상을 물리며 혼잣말처럼 뇌이셨다.

"내 진정, 너희 아버지를 만나 50여 년 간 행복했나니라…."

그리움을 저미어대는 소리다. 한 여인이 지아비를 보고 싶어 하는 소리다. 행여 나태해질까 싶은 당신의 자녀들을 꾸짖는 매서운 채찍이다. 아울러, 이 시대 뭇 사람들에게 보내는 무언의 메시지이다.

언제부턴가 '해로偕老'라는 말이 커다란 의미로 다가온다. 남남이었던 사람들이 만나 하나의 가정을 이루고, 거기서 갖가지 색채의 삶을 일구어 가는 행로. 특히 여인으로 태어나 오로지 한 남성에게 마음 다하는 것은, 지극히 평범한 것 같지만 평범한 일이 아니다. 그 길에서 흔들리는 사람들이 늘고 있는 까닭이다. 그럴수록 한 남성 앞에서 지순한 마음으로 정성을 다하는 여인이 참으로 성스럽게 비쳐진다. 친구 중에도 남편에게 미쳐본 일 말고는 다른 미칠만한 일이 없더라는 친구가, 그런 면에서 볼 때 미덥다. 그 정도로 부부라는 정해진 대상을 향해 열정을 다한다는 말이 고귀한 말이 되었다.

조선시대 여인들 사이에도 '무덤까지 가지고 갈 비밀'이란 말이 있었다고 한다. 제3자를 향하여 불시에 후끈한 감정이 일었다면 그걸 어찌하겠는가. 그럴 때면 당사자인 여인은, 가슴속에서 솟구치는 그리움의 형체를 애써 도리질했을 것이다. 다독이고 다독이며 거침없는 심상心想의 무늬들을 지워댔을 것이다. 걷잡을 수 없이 치오르는 감정의 줄기를 얼른 돌려 잡아 유연히 흐르게끔 물꼬를 텄을 것이다. 만약 그렇지 못했다면, 자신이 그려낸 숱한 무늬에 갇혀 영영 헤어나지 못하는 일을 초래했을 게 자명하다.

그러고 보면 엄격하기 그지없던 유교사상 그늘에서도, 여염집 여인네들의 숨구멍은 옹색하게나마 트여있었던 모양이다. 자신도 모르게 살풋이 일어나는 연정을 누르는데 쓰였던 '무덤까지 가져갈 비밀'이란 말이, 여유를 느끼게 하는 방편의 기지機智로 들린다. 심적 동요를 가라앉히는 과정을 오히려 아름답게 함축시킨 말이 아니고 무엇이랴.

　이처럼 사람들 가슴에 흐르는 강은 감정感情이며, 또 이성理性이다. 숨 막힐 듯 뜨겁게 일렁이는 감정의 물줄기를 잔잔히 흐르게 하는 것은 이성의 구실이다. 이러한 조화를 잘 이뤄냈을 때만이 사랑은 더욱 충만할 것이고, 부부는 그 위대한 해로의 반열에 오르게 될 것이다.

　그래서일까. "내 진정 행복했나니라. 애초 마음 둔 곳에 뿌리를 묻고 곡절도 많았다만, 진정 행복했나니라" 하신 어머니 말씀이 그 밤 내내 내 머릿속을 맴돌았다. 아니 몇 달이 지난 지금도, 어머니 가슴에 일렁이던 강물이 잔잔한 여음이 되어 나를 가둔다.

탯자리를 앞에 두고

부여에 살고 있는 집안 혼사에 다녀오다가 대단위 이동이 이루어졌다. 교직에 있는 동생을 꾀어 "우리 거기 가보자" 했더니 과수농사로 바쁜 오빠까지 합세해, 즉흥적으로 김씨일가의 고향방문을 감행한 것이다. 부여와 신도안 간은 100리길이다.

몇 대의 차에 나눠 탄 일행은 논산 황산벌을 지나고 연산을 거쳐 양정고개에 다다랐다. 코스모스를 심으러 이곳까지 나와 호미질을 하던 곳이다. 그러나 지금은 고개라는 말이 무색하다. 그리고 아파트가 즐비한 엄사단지(옛 엄사리)를 지나, 순식간에 괴목정 앞 느티나무 아래에 도착했다. 그곳은 고향 떠난 마을(안터, 홀령골) 사람들이 1년에 한 번씩 8월 마지막 주 일요일에 모여 회포를 푸는 장이다. 정부의 명을 받아 떠나긴 하였어도, 대를 이어 쌓아온 정을 뚝 끊기는 어려웠던 까닭에 그런 약속을 하고 헤어졌던 것이다. 그러나 나는 이제껏 한번도 그 행사에 참여하질 못하였다. 어른들을 통해 뒷얘기를 듣는 게 커다란 낙이었다.

아버지 살아계실 때의 이야기 한 토막이다. 하루는 통화를 하는데 아버지 음성에 흥이 더하였다.

　　“어제는 신도안 사람들 모임에 갔었는데, 집에 보니 네 책이 몇 권 남아있지 뭐냐? 네 엄마가 그걸 챙겨갖고 나가서 크게 환대받았다. 네 몸은 거기 있었지만, 괴목정 느티나무 아래서 저 하늘 위로 몇 번인가 올라갔다 내려왔다 했다.”

　　긴 병환으로 두 다리를 잃은 아버지께서 오빠의 도움으로 외출을 하여 고향사람들과의 인사를 멋지게 나눴다는 얘기다. 내 책 이야기가 나오니 쑥스럽긴 한데, 그날이 아버지의 마지막외출이었다.

　　우리 형제들 네 팀은 지금 그 자리에 섰다. 무리지어 오니 전에 보이지 않던 사물들이 눈에 들어온다. 논산군과 대덕군 사이를 가로지르는 ‘신도안교(옛날 상원다리)’가 보이고, 물이 출렁이던 냇가는 버드나무 군락지로 변해 울울하다.

　　주민들이 이주에 대해 꿈도 못 꾸던 때에 이 고장에선 자체적으로 미신타파 운동이 벌어졌었다. 그렇게 하여 한 차례 걸러진 민간 신앙 단체들은 여전히 계룡산에 붙박여 지냈다. 그런데 정부시책으로 ‘암용추계곡’을 막아 댐을 쌓게 되자, 그들은 산을 내려와 뿔뿔이 흩어지게 되었다. 고요하던 지역에 댐이 조성되고 개울가로 반듯한 신작로가 뚫려도, 그런 변화과정을 지켜보며 의혹을 품어본 사람은 없었다. 오히려 ‘마침내 신도안이 한 나라의 수도가 되려나보다’고들 이야기하며 누군가의 예언을 믿었다.

　　그렇게 하여 떠나온 그곳. 고향에는 햇살도 다르다. 우수에 젖은 사람의 눈길처럼 고즈넉하다. 예전에 그 아늑한 품에서 자랄 때는 사계가 아름답기 그만이었는데, 4년 전에 찾아간 두 번째 방문 때부터 확연히 사물이 흐리다. 그래도 그때는 오후 기운 시각이라 그런가보다 하였다. 그런데 이번엔 쾌청한 초봄 한낮인데도 산이나 나무에 비치는 햇살이 게슴츠레하다. 고향 잃은 사람의 속내가 반영되어 저리 비치는 것일까. 그런 주관을 떨치려고 작은아이에게 물으니, 저도 여느 곳의 햇빛과 달리 보았노라고 한다. 한창 사물이 아름다울 중 3짜리의 눈에도 흐리게 비쳤다면 이것이야말로 큰 문제로구나 하는데, "참 밝았어요. 햇살이 눈부셨어요" 한다. 잠재의식 속에 내재된 고향땅에 대한 미련이 눈마저 가리는 작용을 했나보다.

20여 년 만에 친정어머니와 동행한 고향길인데, 팔랑개비 같던 어머니 걸음걸이도 많이 무디어져 있다. 마을이 자리했던 곳에 들어가 푯돌만이라도 보고 나오겠다 하니, 경호원이 난색을 표한다. '골프공에 맞으면 죽는다'는 것이다. 골프장으로 변한 탯자리. 그곳에서는 늘 경기가 이어지고 있어 평일에 와도 어려울 거라 한다. 하는 수 없이 먼발치로나마 집터 뒷산만을 바라보았다.

예전에 그곳을 떠나올 때는, 국가에서 그어놓은 선 안에 들면 무조건 총살이라는 말도 돌았다. 그때는 '총'이란 무시무시한 말에 주눅 들어 고향 언저리에도 못 갔는데, 이젠 그 작은 골프공에 또 겁을 먹고 가슴만을 쓸어내린다. 어머니는 저 울안에서 낳은 여덟 아들 모두를 늠름한 현역군인으로 제대시켰으면서도, 우격다짐 한 번 못해보고 발길을 돌리신다.

"너희 아부지, 저 골짝에서 일하다가 몸이 다 곯았…."

어머니 음성에 물기가 배어 뚝 멈춘다. 그러다가 다시 이어진다.

"저 산비탈 밭에 거름 내느라 어지간히 혼나고 보리밥만 먹은 놈, 고생만 하고 그렇게 갔구나."

순간 아차 싶었다. 다시는 어머니를 모시고 올 곳이 아니로구나 하고 내심 다짐하였다. 열이 넘는 자식들의 태를 가른 곳이니 이곳

괴목정에서 밀목재를 뒤로하고

에 와서, 푸른 나이에 길 떠난 자식 생각하는 건 인지상정인 것을.
목전에 '생가터'를 두고도 돌아서야 하는 사람들의 심사를 산새가
알아보았는지, 빈 가지를 흔드는 노랫가락이 구슬프다.

뿌리

우연히 개의 족보를 보았다. 진돗개라 하여 성은 '진'이고 이름은 '화랑'이다. 화랑이는 100일을 갓 넘긴 강아지인데, 그 윗대에 대한 내력이 상세히 나와 있었다. 이렇듯 족보상으로 혈통관계가 확실하니 진돗개임에는 틀림없는 것 같다. 그런데 그 내용이 서면 한 장을 가득 메우고 있었다.

반면 '1927년 음7月5日生 金海金氏 덕배. 그의 차녀 善化.' 대략 이것이 아버지와 내가 부녀간임을 입증하는 가장 확실한 단서다. 지난 봄, 시가에서 족보 개정판을 내는데 들어간 기본 서식인 것이다. 이렇다할 벼슬이 없는 아버지이니 고관입네 할 수 없고, 딸인 나 역시 이제 겨우 문단의 피라미 처지나 면한 상태이니 감히 '文人'이란 칭호 하나를 곁들이지 못하였다. 아는 후배 한 사람은 권세도 당당하게 '작가'라고 올랐다는데, 그러기에는 그녀 남편의 공이 컸다고 한다. 그러나 나는 꽁지깃 내린 꿩처럼 남편의 눈치만 살폈다. 미리 알아 나서주기라도 하면 좋으련만 애초부터 그리 넉살 좋은 사람은 아니다. 그것도 명예라고 내가 투정을 좀 부렸더니, 정 서운하면 족보일을 관장하는 시숙부님께 직접 아뢰어보라 한다. 그 말

앞에 무슨 억지를 부리겠는가. 괜스레 속내를 비친 내가 머쓱해질 따름이었다.

　시집온 이래로 온갖 심혈을 기울여 터 닦은 세월이 얼마인데, 결정적 시기에 이 무슨 홀대인가 싶기도 했다. 글 쓰는 이의 고뇌라든가 가치를 인정하는 누군가가 부추긴다면 모르되, 여인네인 내가 어찌 나설 수 있으랴. 다른 일도 아닌 엄중하고 엄중한 족보 관련 일인 것을…. 아마도 시가 문중의 명맥을 이어오는 그 족보라는 것에는 '누구의 처가 무슨 일을 했다더라' 하는 선례가 아직까지 없는 모양이었다.

　큰아이 세 살 때부터이니 내가 종친회에 찾아다닌 게 17년이다. 문중 행사에 따라다니며 머리에 잘 들어오지도 않는 집안의 내력을 익혀온 것은, 자라는 아이들에게 조상의 중요성을 일깨워주기 위해서였다. 여성이 참여한다 해봐야 팔 걷어붙이고 부엌일 하는 것에 불과하지만, 그래도 그 나들이가 싫지 않았다. 명색이 남편의 뿌리이고 내 아이들의 뿌리 아닌가.

식물도 뿌리가 튼실해야 잘 자라는 것처럼, 나는 사람의 자양분도 든든한 밑천에 두고 있었다. 그 밑천은 바로, 자신이 처한 곳이 어떤 곳인지를 제대로 아는 행위에서 기인되는 것이라고 여겼다. 종교나 예술 단체도 그 종파를 따져보고, 노랫가락 하나에서도 그 원뿌리를 찾아 연구에 연구를 거듭하거늘, 가족관계에 있어서 그 조상을 알려는 노력은 지극히 당연한 것이고 소중한 것 아니겠는가. 그러다 보니 바쁜 남편을 대신하는 일이 잦아져 먼 일가의 촌수도 차츰 익혀나갈 수 있었다. 그래 보았자 시가문중에 대해 명확히 기억할 수 있는 것은 '全州李氏 효령대군파 ○대손' 정도가 고작이다.

6·25를 겪으며 일가붙이는 물론이고 족보조차 잃어버릴 뻔했다는 집안이다. 그 이야기를 어른들로부터 자주 들어왔는데, 나는 그런 것 하나 하나가 예사로 지나쳐지지 않았다. 그러는 사이 이제는 문중 사람들에게 남편을 소개할 때, "이 사람, 제 남편입니다" 해야 하는 입장에 이르렀다. 바뀌어도 한참 뒤바뀐 현상이다. 그래도 그쯤의 일이야 대수롭지 않게 넘겼는데, 이번 족보 일만은 쉬 가라앉

질 않았다. 봄날임에도 불구하고 가슴이 시렸다. 보다 못한 남편이 이 다음엔 말 넣어주마 한다. 그러나 족보 개정이 어디 그리 단순한 일인가. 앞으로 한동안의 세월이 흘러야 다시 논의될 대사大事라는 점을 너무도 잘 알고 있다.

불현듯, 미국의 흑인 작가 A.P.헤일리의『뿌리』가 가슴 저편에서 출렁거린다. 이 작품은 작가가 자신의 7대조 할아버지까지 거슬러 올라가 옛 행적부터 더듬어 내려오는 사실적 기록물이다. 헤일리 는, 1767년 아프리카에서 노예로 팔려 미국이란 신대륙에서 온갖 박해를 견뎌내는 조상들의 모습을 현지답사를 통해 그려내고 있다. 나는 첫아이가 기어 다닐 무렵 이 작품을 대하고 한동안 감동에 젖 어 지냈다.

이밖에도 이색적인 이야깃거리를 대할 때가 많다. 해외 입양아들 이 성장하여 고국의 부모를 찾는 소식은 절박하고도 절박하다. 그 들이 좋은 환경에서 잘 자랐다 하더라도 가슴속에서부터 솟구치는 자신의 근본에 대한 의문, 그 의구심을 어찌 막으랴. 그것은 천형과 도 같이 혼자만이 안고 앓아온 열병이었을 것이다. ‘아버지’, ‘엄마’ 하는 그 격 없고도 자연스런 호칭 한 번 불러보고 싶어서 수없이 외로움의 한숨을 토해냈을 것이다.

어릴 때 미국으로 입양되어간 한 청년은, 카추샤가 되어 다시 고 국 땅을 밟았다. 그리고 핏줄을 찾아 갖은 노력을 기울였다. 마침내 살인범으로 장기수가 되어있는 초로의 남자를 그는 ‘아버지’라고 불 렀다. DNA검사 결과가 자신과 일치하지 않은데도, 유년기에 엄마 와 셋이 찍은 사진을 찾아냄으로써 그는 그렇게 단정 짓고 있었다. 그리고 내 눈엔 별로 흡사한 점이 안 보이는데, 서로 닮았다고까지

저자의 생가

하였다. 그러면서 그는 수감 중인 남자를 염려하며 미국으로 돌아갔다. 드디어 자신의 뿌리를 찾았다며 감격스러워하던 그 표정이 오래도록 지워지지 않았다. "과학적인 근거야 어찌되었든 내가 아버지라 믿으면 아버지다" 하던 그의 열변이 귀에 박혔던 까닭이다.

시간은 흐르고…. 여인네의 설자리란 시댁도 친정도 아닌 어중간의 자리라는데 대해 의기소침해졌다. 살아가는 동안이야 실체가 있어 누구의 아내요 누구누구의 어머니이겠지만, 언젠가 그마저 사라진 자리엔 무엇이 남을까.

그런데 족보 일을 관장했던 시숙부님이 갑자기 나를 채근하셨다. 집안에 상喪이 나서 많은 사람이 모였는데 그 자리에서 대뜸 "이 조카며느리는 우리 집안의 큰 사람이다!" 하셨다. 그 목청이 대청 안을 울리고, 거기 모인 사람들을 숨죽이게 했다. 그분은 이미 내가 써낸 책들을 읽었다고 하셨다.

그제서야 나는 망상의 늪에서 깨어나, 시숙부님께 얼른 약주 한 잔을 따라 올렸다.

산보 길에 찍어온 사진을 컴퓨터에 옮겨놓고 분류작업을 한다. 개인별로 나눠줄 것과 내가 보관할 것을 가리는 중이다. 그런데 야외에서 찍은 것보다 식물원에서 찍은 사진 속의 인물이 훨씬 출중하다. 함께 담긴 사람들 모두가 하나같이 훤하다.

봄날. 남산으로 야생화 구경을 다녀왔다. 30여 년 전 객지생활의 시름을 달래며 걷던 옛길이 놀라울 정도로 변모해 있었다. 그간 발길을 아주 끊었던 것도 아니건만 걷는 길이 신비롭다. 잘 꾸며놓은 야생화 군락이 고급호텔과 인접해있는 것을 보니, 우리나라를 방문한 외국인들이 숙소를 나와 가볍게 산보할 수도 있음직하다.

냇가나 강둑에서 자라는 둔치식물부터 경상도, 전라도 등의 자생식물들이 오밀조밀 돋아나고 있었다. 어린 날, 울밑에 심어두고 식용하던 나물거리의 새싹들도 경외감을 불러일으킨다.

'충청도'라 푯말 붙은 곳에 다다르자 토끼 한 마리가 한가로이 뛰논다. 초점을 맞추는 카메라 너머로 가난을 눌러 해학을 잣던 부모님 음성이 들린다.

"너희 아부지는 산밭에 가다가 길가 소나무아래 낮잠 자는 토끼를 보고도 작대기로 툭 건드려 깨워 보내는 사람이다.”

밥상머리에서 귀가 닳도록 들은 이야기이다. 그런 소릴 들을 때마다 아버지는 헛기침 몇 번으로 응수하셨는데, 그 무렵의 나는 그런 아버지가 좋았다.

땅의 기운을 살피던 아버지는 집에서 기르는 작은 짐승 외엔 손을 대지 않았다. 명절이라도 돌아와 마을에서 돼지 멱따는 소리가 들려 훔쳐보면, 아버지는 피 묻은 사람의 저만치에서 더운물이나 퍼 날랐다. 그런 속에서 어머니는 술지게미로 속을 달래며 우리 형제들을 낳았다. 그러면서도 그 동네에서 가장 좋은 기와집을 두 분이 신혼시절에 지은 것이라고 꼿꼿해 하셨다. 어쩔 수 없이 가세가 기울어 초가삼간과 맞바꾸긴 했지만, 내 부모님에게 있어 그러한 과거는 든든한 자산이었다. 아울러 나도 그 집 앞을 지나다가 주워 먹는 대추 몇 알에 미안해 하지 않았다.

남산은 야생화공원 말고도 이곳저곳이 새로운 모습이었다. 군데군데 전망대를 꾸며놓아 시내를 내려다볼 수 있는 데서 한결 여유가 느껴졌다. 열일곱에 서울이란 땅에 발을 디딘 내가 흙냄새를 찾아 수없이 내달리던 그곳이 이제는 아니다. 일반 순환도로 말고도 아름다운 산보길이 여기저기 나있는데, 여느 곳에서 만나는 새 도로와는 달리 휑하지 않아 따스하다.

정상에서 내려오는 길엔 케이블카를 이용할까 했지만, 식물원에 들를 욕심에 그냥 걷는 쪽을 택했다. 내려오는 방향엔 추억이 무덕무덕 고여 있었다. 유능했으나 가난한 집의 종손자리에 어깨 눌려 하던 한 청년의 고뇌가 옅은 숨소리로 들려오고, 제법 총기가 있으나 가족이란 굴레에 발목 잡혀 스스로의 길을 개척하지 못해 몸부림

아버지의 성 **119**

치던 처녀도 앳되게 살아나 춤을 춘다. 유명기업에 몸담고 포부를 키우던 청년과 학업에 대한 갈증으로 주경야독하던 처녀….

어느새 나는 그 연인들이 걷던 길을 되밟아 내려왔다. 마을길에 이르러 멋모르고 후딱 지나치려 하는데, 아직도 변하지 않은 골목이 발목을 잡는다. 순간 꿈결에나 볼 수 있는 사람을 만난 듯 가슴이 요동쳐 왔다. 세월의 강물만이 유유한데, 산보 후에 국수 한 그릇을 시켜 청년에게로 밀어놓던 옛 처녀의 손길이 너울거린다. 망연하다.

자꾸만 두리번거리는 나를 수상히 여겼는지 앞선 일행이 독촉한다. 그 바람에 정신이 번쩍 나서 다시 끄떡없이 걷는다. 짙은 추억이 배인 곳을 너무도 빨리 딛고 온 점이 퍽이나 미안하다. 마음 같아서는 저만치 거슬러가서 다시 천천히 내려오고 싶었다. 그러나 사람살이에서 되짚어갈 수 있는 길이 과연 존재하기나 하던가. 마음 준 사람을 바라보는 의식 한 켠엔, 좀더 독하지 못했던 아버지에 대한 원망이 켜를 이루었던 것을….

모처럼의 남산나들이가 마흔 중반을 넘긴 가슴을 한껏 일렁이게 하였다. 처한 곳에서 조급증으로 들끓던 지난시절의 속내가 각양각색으로 피어난다. 이상세계에 대한 갈증의 시간들도 세월이 지나면 이렇듯 꽃이 되는가. 두 사람 사이에 가교역할을 하던 번민에 찬 젊은 날들이 저만치에서 화해의 손을 내민다. 돌아가신 아버지는 여전히 평화의 화신으로 우뚝하다.

사진을 통해 보았듯이 사람은 배경에 따라 다른 모습이 될 수 있다. 길도 각양각색으로 열린다. 우월한 쪽이든 열악한 쪽이든 그것의 힘은 막강하여 사람의 힘으로 잘 조절되지 않는다. 나름대로 부

인하며 안간힘을 쓰지만, 어떠한 형태로든 배경은 한 사람의 내면
에 깊숙이 들어앉아 또 다른 배경을 낳는다. 그래서 어떤 한 사람을
알기 위해서는 그 주변의 정황들을 살피게 된다. 가옥 한 채가 어느
산에 기댔느냐에 따라 입지가 달라지는 이치와도 같이, 사람을 품
고 있는 여건이란 그렇게 혹독하기도 하고 아름답기도 하다.

　가난한 농군의 여식으로 태어난 내가 그토록 현실탈피를 위해 몸
부림쳤다면, 자유로운 영혼을 갈망하던 아버지는 무논바닥에 소와
쟁깃날을 박아두고도 온종일 사라졌다 돌아오시곤 했다. 그러했던
아버지의 지배를 나는 요즘 들어 너무도 당연스리 받아들이는 것
같다. 그 점이 확인될 때마다 스스로 깜짝깜짝 놀라곤 한다.

　가난하면 가난한 대로 풍요로우면 풍요로운 대로, 거리낌 없는
정신세계의 영위를 아버지는 얼마나 꾀하였던가. 그것이 풍수지리
에 몸 바친 아버지의 길이었고 지금의 내 길이다. 어디 그뿐이랴.
젊은 날의 고뇌를 함께 했던 청년은 아름다운 배경이 되어 무언의
노래로 다가오는 것을. 그 가운데서 나는, 새로운 배경으로 서서히
자리잡아 간다.

돈 열리는 나무

땅이 좁거나 넓거나 간에 사람 사는 곳이면 전설이 존재하는 모양이다. 동한(東漢시대 25~220년)의 중국에 '요전수搖錢樹'라는 나무가 있었다고 전하는데, 높이 146·직경 44.6센티미터인 이 나무는 돈을 열리게 하는 재주를 지녔었다고 한다. 흔들어 떨어뜨리고 나면 다시 돈이 열려, 전설 중에도 신기한 나무로 알려져 있다는 것이다.

애초 누군가의 무덤에 들어앉았었던 이 나무는 출토된 지 이제 10여 년을 넘겼는데, 청동인 듯 푸른 색채를 띠는 가지가지마다 정교하기가 그만이다. 꼭대기에는 공작인 듯싶은 새 한마리가 올라앉아 있어, 금세라도 날아오를 기세로 꽁지깃이 화려하다. 그 공작새가 조화를 부려 돈을 만들어냈던 걸까. 청아한 노래 소리에 맞춰 주렁주렁 돈 맺히는 장면을 연상하다보니, 갑자기 쓸쓸함이 몰려온다. 지금이 어느 시대인데 전설 속 여행이란 말인가. 나는 서둘러 허상을 깬다.

하지만 그 이름이 참으로 매력적이다. '돈 열리는 나무'라. 세상에 다른 것도 아니고 나무에 돈이 열리다니…. 시詩에서의 수사법으

로 짚어보아도 대단한 과장법이다. '다 보이는 시 쓰기'라고나 할까. 은유적 장치가 어설퍼 해학을 부르는 시처럼, 교묘하게 돌려놓지 않은 이름이 오히려 웃음을 자아내고 있다. 그 옛날 중국인들은, 손으로 만든 예술품하나에 어쩌면 이리도 큰 이름을 지어 붙였던 것일까. 부富를 기원하는 사람들의 욕망이 이런 엉뚱한 나무를 만들어낸 게 아닌가 싶기도 하다.

우리 한국인의 정서에도 이와 비슷한 은유가 흐르고 있다. 뉘댁의 살아가는 모양새가 밑천에 비해 좀 풍요롭다싶으면 이웃 사람들이 가만히 있질 않는다. "그 집 부엌 문지방 밑을 파보아야겠구먼!" 하는 등으로 관심을 드러낸다. 당사자가 그 말을 얼른 알아차리지 못하면, '금송아지를 숨겨놨나 어디보자'며 한 술 더 뜬다.

내가 나고 자란 시골집 부엌에도 한때 일명의 그 금송아지가 있었다. 땅문서 하나 변변찮은 집안에서 줄줄이 대학생이 나오자, 마을 사람들은 위와 같은 예로 훈수를 두었다. 그 말은 허리띠를 졸라매는 부모님을 더욱 신나게 했고, 객지에서 동생들의 학비를 대는 내 어깨에 막강한 힘을 실어주었다. 그만큼 금송아지의 위력은 중국의 돈 열리는 나무와 흡사하였다.

이와 같이 우리나라의 '금송아지'와 중국의 '요전수'는, 부를 상징하는 반면 사람들의 염원을 담고 있다. 요술방망이가 허상인 줄을 알면서도 그걸 한번쯤 휘둘러보고 싶은 사람들의 심리가 반영되었다고나 할까.

따 내리면 열리고, 따 내리면 또 돈이 열렸다는 돈나무. 그러나 사람으로 치자면 얼마나 기운이 쇠진했을까. 근로현장에서 밤잠을 줄여가며 돈을 생산해내야만 했던 20수년 전의 누이와 형들. 갑자기 그네들의 모습이 요전수 위에 포개어진다. 어린 나이로 객지 밥을 먹으며 코피를 쏟던 그들은, 한 가정 한 가정에 뿌리박고 서있던 '돈 열리는 나무'는 아니었는지.

안다는 것

'여'자들은 편지 줄이나 쓸 줄 알믄 되는 겨!"

호통으로 궁핍의 시기를 모면하던 아버지가 마지막 길에 "내, 너는 안다" 하셨다. 중환자실에 든 지 만 하루. 잠깐의 면회로 이별의 순간이 다가온 것을 확인했다. 순간 나는 급할 대로 급해졌다. 딸자식은 기다리지도 않았다는 듯 손사래를 치시는 아버지에 대해 야속함마저 몰려왔다. 그러나 머뭇거릴 새가 없다고 판단한 이상, 다시 가운을 챙겨 입었다. 얼마 남지 않은 시간—지금이 아니면 영영 못 나눌 이야기. 아버지 가시는 길에 편히 가실 수 있도록 해드릴 말이 있었다.

잰걸음으로 들어서자 "왜 또 왔냐" 하신다.

"아버지! 저 어쩌면 올해에 책 한 권 또 낼 거예요."

"그래. 내라. 내 너는 안다."

시이소 소리처럼 뚝뚝 끊어지는 음폭. 여느 때 같으면 굿거리장단을 맞추듯 흥이 실렸으련만, 파르르 떨리는 몸으로 소멸의 명줄 가다듬어 분명 '안다'고 하셨다. 나는 책 출간소식을 전하기보다는 공공기관으로부터 창작지원대상자가 될 수 있다는 희망을 알리고 싶었다. 그러나 아버지의 화급한 상황에 그만 다음 말을 삼켰다.

청소년기의 나는 치오르는 열정을 가눌 길 없을 때 스스로에게 어지간히도 부대꼈다. 열여덟을 스무 살이라 속이고 취업한 한 산업체에서, 학업에 대한 불같은 욕구로 무수히도 시달렸다. 한 번은 야학에 나가겠다고 밤길을 달려가 부모님께 호소했으나 아버지는 끝내 묵묵부답이셨다. 설혹 허락을 받았다 해도 그때의 실정으로 보아 어쩌지 못했을 것이다.

그런데 아버지는 그때의 일들이 못내 걸리셨던 걸까. 임종을 앞둔 시각에 안다는 그 말씀을 힘주어 하셨으니 말이다.

"아버지, 저 잘 할 거예요…."

"그래. 잘들 하고 살아라. 이제 말이지만, 내 너는 안다."

아버지 눈에선 눈물이 흐르는데, 두 손을 부여잡은 나는 눈 하나 깜짝 않고 또랑또랑 말하였다. 그러고는 돌아서 나와 오열을 터트렸다.

그렇게 이별한 지 이제 2년. 지금 와 돌이켜보면, 이승과 저승의 이별 길에서 뭐 그리 알릴 것이 있다고 그랬던가 싶다. 마지막까지 나는 아버지 앞에 마냥 어린 딸이었던가 보다. 하지만 온 기氣를 자아 남기신 그 말씀을 가슴 깊이 새기며 산다.

세상에 인연은 허다하나 서로를 제대로 안다는 이 드물다. 엄밀히 따져보면 본인 스스로도 어떠한 사람인가 모호할 때가 있다. 시시로 일어나는 변덕 앞에 '나는 이런 사람이오' 하고 장담하기가 어려운 까닭이다. 그런 것을 남이 나를 바로 알길 바라거나, 또 내가 남을 깊이 알길 원한다면 그건 과욕이라 말할 수 있을 것이다. 그런데도 서로의 의중을 잘 몰라서 빚어지는 오해가 빈번한 걸 보면,

서로 간에 '안다는 것'처럼 힘 있는 말은 없는 것 같다.

안다는 말은 추상적이지가 않다. 혈육 간에는 가슴 뭉클한 그 무엇이 있고, 사제 간에는 서로 뜻이 통한다. 스승을 제대로 아는 제자는 엇나간 행동을 피하기 마련이고, 스승은 그런 제자를 알기에 가슴에 담고 어여삐 보는 것이리라. 그리고 사랑하는 사람 간에는 그 어떤 말보다 신빙성이 있다. 지극히 평범한 것 같지만, 가슴 저 밑바닥에서부터 끌어올려지는 초자연적인 것이다.

그만큼 일상에서 흔히 쓰이는 이 '안다'는 말은, 우리네 삶을 지탱해가는 사랑이고 믿음이다. 여기에는 화려한 수식도 따라붙지 않는다. 소박하면서도 깊은 마음결이 존재할 따름이다. 그야말로 가만히 보고 있으면 푸근함이 배어나는 사람과 사람의 관계. 그래서 나는 이 안다는 말을 소홀히 넘기지 않는다. 간혹 어린아이가 되어 그 나마의 가식을 버린다.

안다는 것은 '인정認定'의 또 다른 말이다. 그 하나의 교류로 서로가 고리 지어져 살아간다고 해도 과언이 아니다. 어쩌면 그 위안 하나로 평생을 버틸 수도 있는 것이다.

그래서일까. 누군가가 제3자에 대해 물어올 경우 서슴없이 '아, 그 사람 내가 안다'고 답할 수 있을 때 나는 기쁘다. 그리고 누군가가 나를 제대로 안다고 할 때 적이 위안이 된다. 폭풍과도 같이 몰아치는 삶의 결을 스스로 다독일 수 있는 힘도, '내 안다'는 어떤 대상으로부터 비롯되는 것을….

흙과의 합일合—

요즘 흙에 대한 정서가 되살아나고 있다. 흙집에서 흙을 디디고 살면 원기가 돈다 하여, 흙에서 비롯된 고급 상품까지 등장한다. 내가 자랄 때만 해도 주거생활 대부분이 흙과 줄 닿아있었다. 흙벽돌집에 토담을 치고 질화로에까지 불을 피우면, 흙과의 합일合—이 이뤄지는 셈이었다. 게다가 음식도 뚝배기 등 사기그릇에 담아먹었으니, 자연적 흙과 밀접한 생활이었다. 지금도 가끔씩 토담집 툇마루를 만나면, 땅에서 올라오는 흙냄새가 친근하다. 생명의 기운 같은 것이 느껴진다.

산을 떠나서는 하루도 못 산다던 친정아버지는, 마지막 길에 흙과의 합일을 서두르셨다. "방향은 능선 건너편 저 소나무를 중심으로 하고, 깊이 파지 마라. 넓게 잡지 마라" 하며 치표置標를 하던 두어 달 전부터 신신당부하셨다. 그러고도 못 미더웠는지, 산세의 위치 표시가 된 그림을 손수 그려 남기셨다.

마침내 아버지 누울 자리다. 하얗게 드러난 석비레 토심이 깊지도 넓지도 않다. 겨우 삽 하나가 드나들 정도다. 이렇듯 자연 관棺에 들려고 '깊지도 넓지도 않게'를 고집하셨단 말인가. 한시라도 빨리

"

흙이 되고자, 한시라도 빨리 물이 되고자, 한시라도 빨리 공기로 환
원되고자 그토록 단호하셨던가. 가시기 몇 시간 전, 아버지는 의식
의 기를 모아 또 하나의 엄명을 내리셨다.

"내 몸에 창호지 외에는 실오라기 하나 얹지 말거라."

우리 형제들은 그 명을 수행하느라, 변변한 수의壽衣 한 벌 따로
장만하질 못했다. 평생을 남들 마지막 길에 땅 속 자리 살펴 집 지어
준 분이다. 일명 '지관선생님!' 그러니 누가 감히 그분의 뜻을 거역
할 엄두를 내겠는가. 하여 창호지 두 두루마리로 아버지 몸을 감쌌
다. 포개고 포개어 수의 삼고, 접고 꼬아서는 교포絞布로 삼았다.

아버지를 유택幽宅에 모실 때조차 대성통곡도 못하고, 유언 받들
기에만 여념이 없었다.

“이 방향이 맞는가?”

“아무리 명정銘旌이라 해도 나일론 한 올이 섞였으면 안 되오."

결국, 한 폭의 명정마저 아버지 몸에 덮질 못하고 불살라 드리는 것으로 대신했다.

어차피 사람은 흙에서 와서 흙으로 돌아간다고 한다. 생명이 존재하는 것이라면 태초부터 밀착되어 있는 흙과의 관계. 그런 줄은 잘 알지만 그 날 우리 상제들이 할 수 있었던 일이란, 아버지를 신속히 흙으로 돌려보내 드리는 일뿐이었다. 사후死後 흙과의 합일에 대한 문제가, 어쩌면 아버지 생전의 과업課業이었는지도 모른다는 까닭에서였다.

피 내림

세상엔 다양한 직업이 있다. 여성들의 일도 천차만별이다. 그 중 여성공학도가 늘어나는 걸 보면, 나는 그들의 씩씩한 모습에서 건강한 의지가 느껴져 좋다. 건축업에 들어서서 설계도면을 다루는 솜씨도 일품이고, 작업복을 입고 근로현장에서 실습을 하는 모습들도 아름답다.

여성은 외적인 선이 고와야 하고, 하는 일도 거칠지 않아야 하고… 하는 등의 선례는 이미 오래 전에 깨어졌다. 그렇다보니 수의 입히는 처녀도 생겨났다. 대전의 L대학병원에선 앳된 처녀가 죽은 사람의 몸을 다룬다. 일명 '처녀장례지도사'인데, 염습은 물론이고 장례 상담까지 맡고 있다.

처녀가 수의를 입힌다니 놀랄 일이다. 하지만 보건대 장례지도학과를 나온 그녀는 천연덕스럽게도, 지금 하는 일이 적성에 잘 맞는다며 즐거워하고 있다. 미소를 띠며 "할머니, 이제 입관할 시간입니다" 하는 그녀의 언행은 꼭 살아있는 사람을 대하는 듯 친절하다. 이러한 그녀의 정신은 봉사활동을 낙으로 삼는 아버지의 영향이 컸다고 한다.

이밖에도 세계적인 권투선수 알리의 딸은 권투선수가 되었고, 중국의 명배우 이소룡의 딸 역시 아버지의 뒤를 이어 액션배우가 되었다. 이는 모두 핏줄의 흐름을 무시할 수 없는 현상이다. 이들을 지켜보며, 나는 문득 내가 하는 일을 생각해본다.

풍수지리로 땅의 혈맥을 짚으며 평생을 보내신 아버지와, 눈에 보이는 사물을 통해 그 이면의 의미까지를 찾아보려는 나. 어느 한 쪽도 쉬운 일은 아니다. 지극히 외로운 길일 수 있다. 그런데도 나는 종종 어휘의 운율감에 사로잡혀 시간을 보낸다. 때로는 흥겹게, 때로는 슬프게 내가 만들어낸 문장을 타고 논다. 껑충껑충 널을 뛰다 흔들흔들 그네를 탄다. 또 판소리의 추임새처럼 여유를 부리는가 하면, 자진모리처럼 격정적이기도 하다. 거기서 여러 가지 삶의 소리를 듣는다.

앞으로도 이 일은 쉬 멈춰지지 않을 성싶다. 망인에게 수의 입히는 처녀가 기꺼운 마음으로 그 일을 하듯이, 온갖 사람들의 삶의 목소리를 대변하는 이 일 역시 예사로 지나칠 수 없는 까닭이다.

동해 남애항-저자의 어머니

저자의 두 아들의 어린시

깜짝쇼

솔숲에서 새소리를 내어 밀밭속의 어머니를 속이던 시절이 있었다. 젖먹이 동생을 업고 산밭에 오르면 능선 저만치에 어머니가 계셨다. 머릿수건을 두르고 뙤약볕을 받으며 밀밭고랑에 구부러져 있는 어머니에게 나는 선뜻 다가가지 않고, 다복솔 옆에 몸을 숨겼다. 그리고는 아카시아나무 잎을 따서 '피잉 핑'하고 피리를 불었다. 어머니의 허리가 잠시 펴졌다가 다시 구부러져 밀꺼럭에 고개를 묻고 아예 쓰러질 것 같을 때, 또 한 차례 풀피리를 불었다. 잡풀을 잘라 속대궁을 입에 대고 볼이 터져라 불면 '삐익'하는 소리가 난다. 그 단음절에 어머니의 허리는 또 한 차례 펴지며 이마의 땀을 훔친다.

그러다가 나중에는 아예 낫을 놓고 두리번거리며 혼자 중얼거리신다.

"무슨 새가 이렇게 울어?"

그제서야 나는 어머니 앞에 모습을 드러낸다.

"애기 샛젖 먹이러 왔어유."

"아이구, 진짜 샌 줄 알았네!"

만면에 웃음을 머금고 나무그늘에 앉아 아기에게 젖을 물리던 어머니…. 처음엔 진짜 새로 알았지만, 나중엔 번번이 사람 새인 줄을 알면서도 여전히 속아주며 즐거워하셨다.

내가 열여섯 살 때에는 동네 '직조공장'에 다니며 베를 짜서 한달 월급 1만2천원을 받았는데, 그 중 일부를 떼 내어 언니의 실크스카프를 샀다. 그것을 장롱에 넣어두고 연말이 되기를 기다리는 심정은 하루가 열흘 같았다. 그러나 그걸 받아든 언니의 반응은 야속하리만치 시큰둥하였다.

이처럼 사람 놀래는 내 버릇은 잦아들질 않아, 나중에는 금의환향의 기회를 엿보았다. 작가가 되어 고향사람들을 놀라게 하려했는데 그 기색들이 영 신통치가 않았다. 동창생들에게 이유를 물으니, "원래 그랬잖아" 한다. 칭찬 같긴 한데 참 싱거운 대답이었다.

어쩌다보니 세상은 각박해져 웃을 일이 많지 않다. 이런저런 속임수에 당했다고 푸념도 적지 않다. 우리가 살아가는 행로가 어쩌면 쇼의 무대 아닐까. 속고 속이는 노선을 달리면서도 우리들은 그걸 잘 알아차리지 못하고 있는 것뿐일 게다.

이왕이면 좋은 의미의 쇼를 하고, 또 그러한 쇼에 속아 넘어갔으면 좋겠다. 글에서의 절정과도 같이 전개과정에서는 살짝 숨겼다가 진수를 내보이는 미덕. 그렇게 머리를 짜내 꼴딱 속이고, 또 기분 좋게 꼴딱 속아 넘어가고…. 아! 상상만으로도 유쾌하지 않은가.

불혹을 훨씬 넘긴 지금도 내 머릿속은 늘 일 저지를 궁리로 가득하다. 어떤 일을 남모르게 기획했다가 주위를 깜짝깜짝 놀라게 하는 이 버릇. ―내 어설픈 계략에 누군가가 함빡 웃을 수 있다면, 아마도 생이 다하는 날까지 그 일은 멈추어지지 않으리라.

받아쓰기

광등을 끄고, 스탠드도 끄고, 눈을 꼭 감았는데도 말똥말똥한 사유의 세계. 그리고 벅찬 가슴. 진정이 안 되어 머리맡의 종이에다 긋기 시작했다. 검정 펜인지 파랑 펜인지를 들고, 내면에서 토해지는 문장들을 받아 손을 재게 놀렸다.

다음날 아침, 머리맡의 소형책자 표지면이 시뻘겋게 뒤덮여 있었다. 유유幽幽히, 그러면서도 거침없이 마음이 흐르고 있다. 글씨 하나도 틀리지 않고 기가 막힌 달필이다. 동녘의 달뜨는 풍광을 묘사한 수필 「달빛2」의 핵심부를 나는 그렇게 붉은 빛깔로 장식하고 있었다.

옛날부터 받아쓰기 하나는 제대로 했다. 백점을 맞으면 빵을 탈 수 있었는데, 여덟 살 어린 마음에도 빵이 탐나서 그런 것은 아니고 받아쓰기도 시험이니 잘치고 싶었다. 그리하여 어느 날은 빵이 세 개, 많을 땐 네 개까지 되었다. 그런 날은 '책보'가 '빵보'로 둔갑을 하곤 했다. 옥수수 빵의 뒤를 이어, 술에 부풀려 구은 서양식 빵이 막 자리잡아가던 시절의 이야기이다. 이 누나가 받아쓰기를 잘한

덕에 남동생들은 종종 배를 불렀다.

돌이켜보면, 매시간을 받아쓰기로 채웠나하는 의혹도 인다. 하지만 동그랗게 '빵머리'를 한 시골학교 담임선생님은, 받아쓰기 백점에 빵을 한 개씩 걸어놓았었다.

어린 날 선생님의 칭찬을 벌고, 친구들의 부러움을 벌고, 동생들의 간식을 벌었던 추억 받아쓰기. 그 영향인지 나는 지금 사람들의 마음을 받아 적는 일을 하고 있다. 의식 속에서 벌어지는 소리에 귀 기울여 하나하나 형상화시키고 있다. 그렇게 어둠 속에서까지 받아 적은 것이 한 편의 글로 꼴을 갖추겠다 싶으면, 그 아침은 무척이나 행복해진다. 밥을 굶어도 배부른 날이 된다.

이렇듯 내가 받아쓰기에 익숙하긴 하지만, 글쓰기에서의 그것은 정신을 바짝 차리지 않으면 실수하기 십상이다. 까딱하다가는 비분강개의 글이 되고, 또 자칫하면 감상적으로 흘러 생각의 추가 기우뚱한다. 그럴 땐 가차 없이 원고를 찢는 수밖에.

그런 우를 면하려면, 고요의 숲에서 울려나오는 소리를 들을 줄 알아야 한다. 그 소리는 지극히 정淨하여, 삿된 생각들이 감히 끼어들질 못한다. 한데도 소리를 분별하여 받아쓰는 이 일이 참으로 어렵다.

여름날

비어있어 차디차게 식은 고향집 아궁이에 거무튀튀한 뱀 무리가 똬리를 틀고 있다. 물컹물컹한 그것들을 고무래로 긁어내어, 한 무더기 두무더기 부삽에 담는다. 어린 날 마당가에 흔하던 동생들의 똥덩이를 치듯, 삽을 번쩍 들어 뒤꼍 귀퉁이에 부려놓는다. 퇴비간이 아닌 뒤꼍이라는 게 어린 날과 지금의 차이라면 차이다.

'휴, 이젠 됐다. 불을 때서 밥을 지어야지.'

그러나 아궁이엔 좀 전에 내다버린 배암들이 또 진을 치고 있다. 담아내면 들어오고, 담아내면 들어오고….

어인 일인지 뒷문 건너편 장독대에 나앉은 아버지는 정갈한 옷차림에 묵묵하시다. 먼 길 떠나신 지 오래건만 딸이 하는 짓을 유심히 보고 있다. 거들지도 막지도 않는 침묵의 시간…. 아궁이와 뒤꼍사이, 부엌과 장독대사이, 그리고 아버지와 딸 사이에 알 수 없는 정적만이 흐른다.

도대체 어쩌란 말인가. 어찌 처신한란 묵시의 답인가. 매몰차게 내칠 수도, 통로를 차단할 수도 없어 사알 살 다루는 심연의 내 손길

을 아버지는 이미 눈치 채셨던 걸까. 그 인정이 애처로워 저렇듯 보고만 계신 건가.

그러는 사이 위기상황이다. 걷잡을 수 없는 뱀 무리에 에워싸이고 만다.

"엄마! 엄마! 아아악!"

소스라쳐 부릅뜬 눈엔 창 너머의 푸른 산이 와락 안긴다. 가위눌린 심장은 수축기능을 잃어 한동안 잠잠하다. 망측하기 짝 없는 우기雨氣 속의 한 여름날 낮 꿈―별 것 아니라고 치부하기엔 꿈속 영상이 하 선명하여 밤낮 없이 따라붙는다.

오래 전부터 선인들은 삶을 사계에 비추어 노래하였다. 봄, 여름, 가을, 겨울. 다시 말해 유년기, 청년기, 중년기, 노년기. 그럼 지금 나 서 있는 마흔 일곱의 이 지점이 황공하게도 사계의 여름날이란 말인가. 이렇듯 얄궂은 꿈에 치인 것을 보면.

우기가 지나면 머잖아 가을이 올 것이다. 하늘 빛 청명하고, 녹음은 꾸덕꾸덕 물기를 거둘 것이다.

―인생길에도 가을이 들면 건기가 찾아오려나.

낙암樂菴의 딸

산 고개를 두 개나 넘어 손녀딸을 학교까지 데려다주는 내 어머니는 숨이 턱에 찬다. 멀찍이 떨어져서 보면 그저 그림이다. 앞서거니 뒤서거니 하는 모습 자체로 한 편의 동화다. 초록 바바리를 입고 노랑 개나리무덕을 지나고 분홍진달래 산길을 걸어 학교에 가는 열 살짜리 조카. 옥빛 한복을 차려입은 어머니. 그날은 나도 같이 갔다. 3학년이고 싶었다.

참으로 고운 풍경이다. 언제 또 이 고개를 넘어보랴. 친정이 갑사 앞의 '계룡문화마을'로 이사를 앞두고 있는 것을…. 이 아름다운 길을 오가며 어머니는 운동이 되어 좋다고 하신다.

2005년 4월 18일, 그날은 내가 동학 '천진교天眞教' 본부를 처음 방문한 날이다. 어머니와 함께 예정된 시각보다 훨씬 일찍 현지에 도착했다. 정산에서 택시를 타고 청양에 있는 본부마당까지 들어갔다. 머리가 희끗한 동산東山 김명기 선생이 반긴다. 그는 치과대학을 나왔다고 소문이 자자하던 인재로, 병원을 운영하며 종파에 힘을 쏟고 있다. 요즘 와서는 재단법인 인가 등으로 그의 지적知的 능력이 본원에 큰 힘이 된다고들 입을 모은다.

　천진교는 동학의 뿌리를 이어오는 종단으로서, 수운水雲 최제우 선생을 창시자로 하여 2세 종통 해월海月 최시형, 3세 종통 구암龜菴 김연국, 그리고 4세 종통 해심海心 김덕경, 5세 종통 대원大圓 김진묵 선생으로 맥을 이어온다.* 내가 어릴 때만 해도 충청도 신도안에 본부를 두고, '사람이 곧 한울이니 사람 섬기기를 한울 섬기듯 하여라' 하는 핵심진리를 펴서 많은 신도들을 아우르고 있었다.

　그러다가 대단위이동이 이루어져, 내 아버지가 터를 잡은 곳에 지금의 건물을 지어 새로운 도량으로 거듭나고 있다. 우리 가계만 하더라도 외가를 포함하여 위로 3대가 대를 이어 도에 전념했다.

　이젠 어른으로 군림하던 분들은 모두 세상을 떠나가고, 수련시절부터 아버지와 동고동락해온 지암智菴 박병만 선생 등이 버팀목이 되어 교리를 전파하고 있다. 대원 선생이 세상 뜬 후 몇 년째 공석으로 있는 종통의 자리를, 아들 동산이 잇기 위해 준비 중인 것이다. 병원 의사해서 돈 벌어다 종파에 심는 처지라고 하니 그 뜻도 가상하다. 평범한 집안의 자제가 아니기에 짊어지고 갈 위업이리라.

　"선화 어딨어? 김선화."

　마당을 흔드는 소리에 돌아보니 지암 선생이다. 내 책을 읽고 어느새 팬이 된 분…. 아버지를 뵙는 듯 가슴이 울컥한다.

　"아이구, 반가워요. 한 번 만나보고 싶었구먼."

　검은 수염을 곱게 내린 그분을 아버지 장례식 때 처음 뵈었다. 종교에 따른 발인식에서 "성도사誠道師 낙암~" 하는 율조에 내 귀가 번쩍했던 것.

　사람 살아가는 게 대체 무엇이기에 주인공이 세상을 뜬 후에야 고인의 참 벗을 유족이 만난단 말인가. 이러한 예는 내 아버지와의

관계가 아니고라도 세상 살아가는 길에 허다한 것 같다. 그만큼 삶
이란 것은, 주변을 돌아볼 사이 없이 바쁘다는 말을 함의하고 있는
것일 게다.

창시자 수운 선생 기일에 맞추어 많은 사람들이 모였다. 어느 정
신문화 단체에서도 자료조사차 직원이 다녀갔다. 이 날 아버지는,
가신 지 3년 만에 평생 닦아 오신 도량에 위패 모셔지게 되었다.

장장 두 시간에 걸친 제사다. 아버지를 위해 어머니는 소주를 따
르고, 나중에 나는 정종을 올렸다. 지암 선생이 목청을 높여 소개한
다.

"낙암장 둘째 따님이 왔구먼유. 딸도 보통 따님이 아니유. 신도안
그 척박한 땅에서 시인이 나왔슈. 대학까지 자수성가해서 책이 두
권이나 돼유. 김선화 시인 하면 다 알어유. 알아주는 시인유…."

그래. 날 보고 시인이란다. 문단에서는 수필 쓰는 사람으로 더 잘
통하지만, 시골 어른들께는 딱 잘라 시인이다. 나는 아버지 앞에서
재롱이라도 떠는 양 제비꽃같이 또 라일락같이 생긋생긋 웃었다.
언니를 중매한 집안의 부인도 얼굴 가득 주름진 모습으로 와서 내
손을 잡는다. 지나간 세월이 물결친다. 아이이던 내가 어느덧 중년
아닌가. 얼김에 나는 금의환향한 격이 되었다.

언덕을 내려오는데 싱그런 바람 한 자락 스친다. 어머니 얼굴에
일순 쓸쓸함이 겹친다.

"엄마는 이담에…, 제가 이곳에 모셔드릴 게요."

"그래."

그 대답이 나오는데 3초도 채 안 걸렸다.

새로운 체험을 하여 그런지, 이 다음 어머니의 사후死後문제를 스

스럼없이 약속드려 그런지 밤늦도록 잠이 안 온다. 이제 할 일 다했다고 큰 숨 내쉬는 어머니께 정신 놓으면 절대 안 된다고 단단히 다짐을 두었다.

즐길 '락'에 암자 '암' 자를 호號로 쓰시던 내 아버지. 그분의 딸 노릇을 조금은 한 것 같은 하늘 빛 푸른 봄날이다.

* 智菴 박병만 선생 감수

등불
― 아버님께 올리는 글 ―

아버지!
 정자나무아래에 외발로 서신 모습이 뉘엿뉘엿 지는 햇살 받아 황혼으로 물듭니다. 코흘리개외손자가 들이댄 카메라 앞에서 잘 찍어보라며 포즈를 취하신 아버지의 다리에는, 살아오신 날들의 무게가 고스란히 실려 있습니다. 저희들은 어렸을 적에 수수께끼놀이를 하며 놀았지요. "날 때는 네발이었다, 성장해서는 두발이었다, 그리고 마지막엔 세발이 되는 것이 뭐~게?" 하고 누군가가 문제를 내면 지나가던 세살 박이도 맞출 정도로 '그건 사람'이었습니다. 무릎으로 기던 아기가 두 다리로 걷게 되어 노년에 이르면 지팡이에 의존한다는 이치가 담긴 일화입니다. 그러나 아버지는 지금 오른발 한쪽으로 서계십니다.

 살아가다 보면 사람들은 자신의 의지와는 다른 방향의 길을 가는 경우가 종종 있습니다. 의외의 일로 인하여 의도하지 않은 삶을 살아가게 되는 것이지요. 철저하게 계획된 삶을 사는 사람들이 오히려 드문 세상입니다.

 문득, 아버지의 젊은 날이 배어있는 저의 어린시절이 생각납니다. 특히 그해 가을은 제 운명을 결정짓는 계절이기도 했습니다. 당시 열두 살이었던 저는 5리밖의 등하굣길에 곧잘 외톨이가 되었습니다. 그래서 해 짧은 날에는 땅거미 진 산 고개(일명 앞고개)를 혼자서 넘어다녀야 했습니다. 주위로부터 조숙하다는 말은 들었지만 정신연령은 낮았는지 겁이 많았습니다. 상여집이 있는 언덕을 지날 때면 머리가 쭈뼛거렸고, 시월상달에 시제 지낸 흔적으로 음식 놓여있는 무덤을 보면 걸음이 절로 빨라지곤 하였습니다. 아버지는 무덤 위의 음식들을 일컬어, '배고픈 이들이 지나다 요기할 수 있도록 놔두는 인심'이라 하셨습니다. 겁 많은 딸에게 이르는 방편이었을 테지만, 그 무렵의 저에게는 아버지의 그 말씀이 적잖은 위안이 되었습니다.

하루는 학교가 여느 때보다 늦게 파했습니다. 맡겨진 대로 책상 걸상을 나르며 청소중인데 담임선생님이 깜빡했다는 듯 다가와 "너는 어서 집에 가라" 했습니다. 일순, 선생님에 대한 야속함이 몰려왔습니다. 이미 해가 지고 있었으니까요.

저는 '세 동리' 아이들의 청소가 끝날 때까지 느티나무아래서 사방치기를 하며 놀았습니다. 앞산너머까지 만이라도 그 아이들과 함께 오고 싶었으니까요.

하지만 날은 이미 어두워지기 시작하여 고개 넘을 일이 큰 걱정이었습니다. 이야기 속에 등장하는 문둥이나 귀신형상이 떠올라 머릿속이 마구 혼란스러웠습니다. 다른 친구들도 함께 걱정을 해주었습니다. 그때 우연히 길 중간쯤에서 아는 사람을 만났습니다. 이웃마을에 사는 후배 J의 아버지인데 저와는 구면인지라 안심할 수 있었지요. 농촌에서 보기 드문 말쑥한 차림이었습니다. 그러한 어른이 옆에서 함께 걷는다는 사실만으로도 든든했습니다. 그는 가장 먼 동네(세 동리) 아이들을 바래다주겠다고 했습니다.

그러는 사이 친구들과의 갈림길까지 왔습니다. 이제 헤어져야 할 차례입니다. 그러나 열두 살 계집아이 홀로 어둑한 산을 넘는다는 것은 아무래도 무리였나봅니다. 어슴푸레한 나무들은 괴상한 형체로 서서 산짐승소리를 내고, 저는 있는 힘을 다해 달렸으나 제자리 걸음이었습니다. 등 뒤에서는 "선화야, 잘 가~" 하는 응원의 메아리가 울려 퍼지는데 겁에 질린 저는 급기야 되돌아서서 뛰었습니다. 결국 상여집이 있는 언덕을 지나지 못하고 친구들에게로 돌아가고 말았습니다.

그리하여 전설이 난무하는 '아들바위'랑 '서낭당'을 지나 세 동리 아이들을 바래다주고, 다시 우리 동네로 오는 고개초입에 이르렀습니다. 이곳까지 동요를 부르며 왔습니다. 그와 한 동네에 사는 친구 N과도 거기 갈림길에서 헤어졌습니다. 학교를 출발한 지 이미 두 시간은 지난 것 같습니다. 이제 앞고개만 넘으면 아늑한 초가마을의 불빛이 나를 맞아줄 것이라 생각하니 마음이 편안해졌습니다.

그런데 기이한 일이 벌어졌습니다. 길을 재촉하던 그의 걸음이 갑자기 휘청거리더니, 몇 발짝 거리의 샛길 뽕밭둔덕을 지나 묘 마당으로 가서 벌렁 드러눕는 게 아니겠습니까. 그것도 젯밥이 놓이던 묘역, 봉분과 봉분사이에서 이내 코를 골아대는 것이었습니다. 저를 고갯마루까지만 데려다주고 가라고 사정해보았지만 그는 이미 잠 속 깊이 들어가 있는 듯했습니다.

너무도 갑작스런 일 앞에 두려움이 몰려왔습니다. 무언가 크게 잘못 되어간다 싶어 생각을 굴릴 때, '밤길엔 사람이 가장 무서운

법이다' 하시던 부모님말씀이 섬광처럼 번뜩였습니다. 그는 우리가
그토록 무서워하던 문둥이도 귀신도 아니었습니다. 하지만 제게 알
수 없는 위험이 몰려오고 있음을 깨달았습니다. 닥칠 위험이 어떠
한 것인지도 잘 모른 채, 최악의 경우 죽음 같은 것도 생각하였습니
다. 진작 혼자서라도 고개를 넘지 못한 것이 후회막급이었습니다.
　저는 놀랄 겨를도 없이 묘책을 짜내기에 급급했습니다. 어떻게든
위기를 모면해야 한다는 생각뿐이었습니다. 앙앙 울어보았습니다.
눈물이 나지 않았습니다. 더 큰 소리로 우는 시늉을 했습니다. 이젠
솥뚜껑만한 손이 제 입과 코를 막았습니다. 숨이 막혔습니다. 그에
게선 시큼한 술 냄새가 확 풍겼습니다. 하지만 저는 더 침착해졌습
니다. 어린 마음에도 술 취한 사람은 자극하지 말아야한다는 판단
이 섰습니다. 실로 막연한 일이었으나 가슴속으로 간절히 아버지를
찾았습니다. 때맞추어 아버지가 나와 주시기만 하면 모든 문제는
해결될 것 같았으니까요. 남동생들만 중히 여기는 부모님에 대해
서운한 맘도 있었는데, 그마저 다 털어내고 있었습니다. 지금 이 순
간에 아버지가 제발 나타나주시기만 한다면, 저는 평생 동안 감사
하며 살겠다는 일념―念뿐이었습니다.
　그런데 이심전심이었던가요. 촌각을 다투는 찰나, 고갯마루 숲
사이로 깜박이는 불빛 하나가 보이기 시작했습니다. 이내 소나무언
덕을 미끄러지는 불빛―확신은 없었지만 아버지라고 믿고 싶었습
니다. 설사 아니라하더라도 위기를 모면해야 한다는 마음에서 재빨
리 "저~기, 아버지 오세요!" 하며 그를 흔들었습니다. 신기하게도
제 콧잔등까지 덮고 있던 손이 순식간에 거두어졌습니다. 벌떡 일
어나 옷매무새도 바로 하는 것이었습니다. 그리고는 천연덕스럽게

다시 제 손을 잡고 불빛을 향해서 걸어갔습니다. 등불의 위력은 실로 놀라웠습니다.

아니나 다를까. 귀에 익은 헛기침소리가 들려오고….

"거기, 선화냐?"

"예. 아버지!"

등불의 주인공은 아버지였습니다. 화급한 상황을 알기라도 한 듯, 아버지의 마음이 그렇게 내달려왔습니다. 투박한 손에 들린 호롱불은 애타시던 아버지의 마음처럼이나 바람에 날려 깜박이고 있었습니다.

"아이구, 저희 여식을 담임선생님께서 여기까지 데리고 오셨구먼유."

"아뇨. 저는 담임선생님이 아닙니다."

그는 어둠 속으로 총총 사라졌습니다.

그리고 그 후 아버지는 천둥소리만 들려도 저를 마중 나와 주셨지요. 그리고 많은 세월이 흘렀습니다. 그날 어둠 속에서 허리를 반이나 굽히시던 모습조차 더러 잊고 지냈습니다.

저자의 아버지

저자의 남동생들

한데 몇 굽이를 돌아 제 아이를 낳아 기르면서야, 앞길을 밝혀주시던 그때 그 등불이 선연히 떠오릅니다. 요즘처럼 조기 성교육도 없었던 시절, 노파심에 걱정하시던 부모님 심정을 헤아려보게 됩니다. 그가 그토록 총총 사라져가던 연유도 이제야 알 것 같습니다.

때로 매스컴에 보도되는 소녀들의 불행한 이야기를 접할 때마다 아득한 옛일에 대해 다시금 생각해보곤 합니다. 실로 천륜天倫이었지요. 위기에 처한 딸의 처지와 애타하는 마음을 감지하고 달려오신 아버지 덕분에, 저는 오늘을 건강한 정신으로 맞이하고 있습니다. 빛을 아는 사람이 되어 사람들의 시린 가슴에 온기를 불어넣으려 문 두드리고 있습니다.

어둠 속에서 등불 밝혀주시던 아버지의 다리가 오랜 지병으로 민둥해지던 날, 저는 차마 눈물 짓지 못했습니다. 그때 그 일에 대해서 감사편지 한번 올리지 못하고요. 어버이 앞에 자식이란 고작 이런 존재인가 봅니다.

아버지! 그 밤 앞길 밝혀주시던 호롱불은 지금도 제 가슴속에서 심지를 돋우어 활활 타고 있습니다. 그날 소나무숲길로 미끄러지던 불빛이 제게 횃불로 남아 환히 빛을 내는 게 보이시나요? 아버지!

아버지가 몹시도 그리운 날에
둘째여식 올림.

창작메모 : 1998년 부치지도 못한 편지를 쓰고, 2008년 글로 만들고, 2010년 책으로 엮다.